코로나에 걸려버렸다

일러두기

코로나19로 인한 팬데믹 상황에서 사회의 제도와 인식이 점차 변화하고 있습니다. 이 책의 글이 쓰인 시기의 상식과 보건안전수칙이 현 시점과 차이가 있을 수 있습니다.

코로나에 걸려버렸다

불안과 혐오의 경계, 50일간의 기록

김지호 지음

THE NAN
더난콘텐츠

선생님,
코로나 양성 판정 받으셨어요

머리말

선생님, 코로나 양성 판정 받으셨어요

일요일 아침 8시. 한숨도 자지 못하고 맞이한 일요일 아침이었다. 수화기 너머로 들려오는 정체 모를 여성분은 자신을 강남구 보건소 담당자라고 소개한 후 코로나 양성 판정을 받은 나를 진정시키기 위해 애써 침착하게 말씀하셨다.

"선생님, 지금 많이 놀라셨을 것 같아요. 오늘 입원도 진행해야 하고, 이것저것 준비해야 할 게 있으니 제가 말씀드리는 것들 차근차근 준비해주셔야 해요."

만으로 나이 스물일곱 먹은 사람에게 계속 선생님이라고 하니 당황스러웠지만, 지금 내가 코로나에 걸렸다는 사실이 더 당황스러워 그저 멍하니 듣고 있을 뿐이었다. "네, 네" 하고 답을 하자 안내를 계속했다.

"그리고 저와 통화를 마치시면 역학조사관이 전화를 하실 거예요. 앞으로 수 시간은 전화 통화가 이어질 테니 힘드시겠지만 최대한 협조 부탁드리겠습니다."

"알겠습니다"라고 답했다. 그리고 마른 침을 삼켰다. 목이 따가웠다. 눈을 살짝 감으니 눈꺼풀로 열기가 느껴졌다. 분명 어제는 느끼지 못했던 것들이다. '아, 내가 코로나에 걸린 게 맞구나' 싶었다.

"혹시 받아 적으실 수 있나요? 입원까지의 필요한 절차들을 말씀드리려고 합니다."

"잠시만요"라고 말하고는 노트와 펜을 꺼내 준비되었다고 말했다.

보건소 담당자의 질문과 공지사항은 대강 다음과 같았다.

- 거주하고 있는 지역은 어디인가?
- 함께 살고 있는 사람이 있는가?
- 함께 거주하는 사람이 있다면 지금부터라도 우선 마스크를 착용한다.
- 병원은 서울시에서 지정해주는 병원으로 배정된다.
- 기저질환이나 먹는 약이 있는가?
- 거주하는 집의 경우 방역이 어렵기 때문에 별도의 방역용 소독

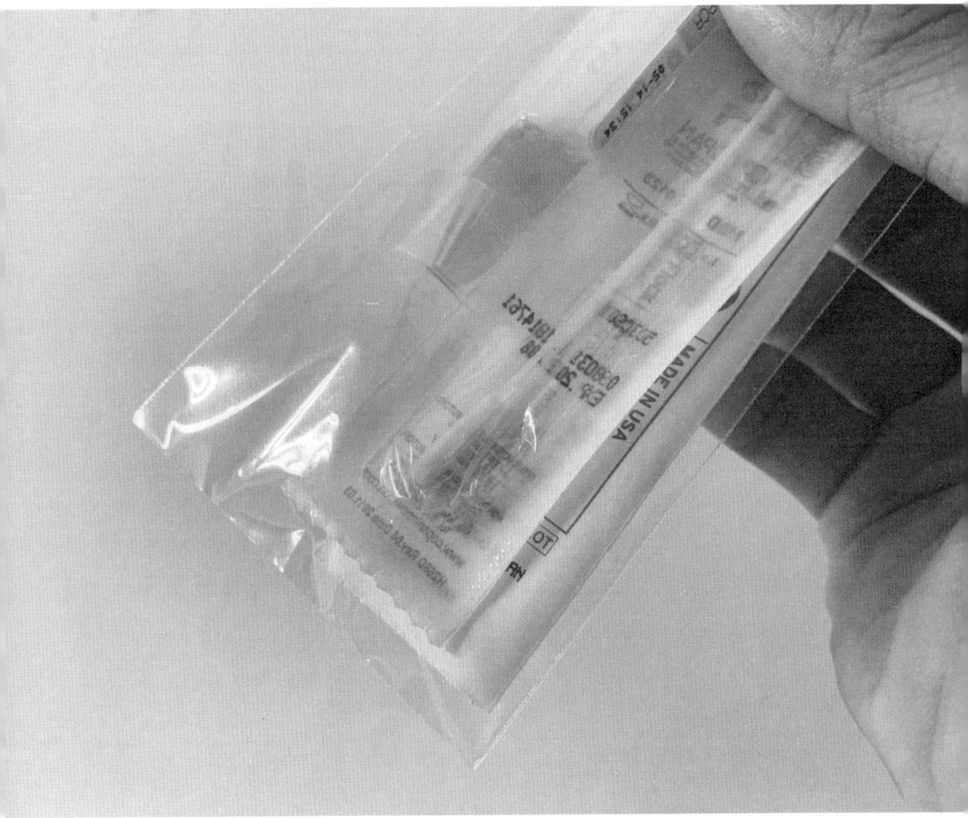

이 면봉이 비강을 훑고 내려가서 기도 속 어딘가에 있을 바이러스를 세상 밖으로 끌고 나오면 내 이름은 김지호에서 XXX번 확진자로 탈바꿈한다.

스프레이를 제공할 예정이다.

- 집 안에 있는 물건 중 폐기할 것들이 있다면 봉투에 이중으로 포장해서 따로 빼둔다.
- 병원 생활에 필요한 옷, 수건, 세면도구 등을 챙기되 퇴원 시 폐기할 것들로 챙긴다.
- 확진자들이 산발적으로 발생하고 있어 언제 구급차가 배정될지 모르니 대기한다.
- 본 통화 이후에는 역학조사관이 연락을 할 것이니 통화를 대기한다.

"네, 네" 하고 대답을 하며 시계를 보았다. 아직 9시가 채 되지 않았다. 잠을 한숨도 자지 못한 탓인지, 아니면 열이 올라와서 그런지 내 몸 어딘가가 짓눌리는 느낌이 들었다. 근육통이었다. 뉴스를 통해 들은 증상이 나에게도 나타나기 시작했다.

20분 남짓 통화를 마치고 전화를 끊었다. 생각이 많아졌다. 머리가 지끈거리기 시작했다.

내가 이 책을 쓰게 된 이유

이 책을 쓰게 된 것은 코로나에 걸려 입원한 뒤 가장 친한 친구와 대화를 나누던 중 친구가 권유했기 때문이다. 나는 글을 써본 적도 없고, 그렇다고 본업이 글과 가까운 것도, 평소 책을 가까이한 것도 아니었다. 하물며 글쓰기에 자신이 있던 것도 아니었다. 그럼에도 용기를 내어 글을 써보기로 마음먹었다. 시작할 때는 내 글이 이렇게까지 길어질 것이라고는, 본격적인 글이 될 것이라고는 생각하지도 못 했을뿐더러, 항상 그랬던 것처럼 어느 정도 적당히 쓰다가 멈출 것이라고 생각했다. 하지만 이번엔 달랐다.

내 인생에 비하면 짧은 시간이지만 병상 위에서 겪은 스펙터클한 경험과 그 경험이 가져다 준 생각을 한 글자, 한 문장씩 차근차근 써 내려가던 나는 이전의 나와 사뭇 달라진 것 같았다. 무엇이 날 다르게 만들었을까? 코로나바이러스가 나의 뇌까지 영향을 미친 것일까? 아니면 그냥 병실에 갇혀 있다 보니 제2의 사춘기처럼 정서적으로 변화가 생긴 것일까?

브런치와 네이버 블로그에 글을 쓰기 시작했다. 누가 볼지는 모르겠지만 내가 그랬던 것처럼 비슷한 두려움과 걱정의 시간을 헤쳐나가고 있을 누군가를 위해 양성 판정을 받은 순간부터 입원, 입원 생활, 검사, 퇴원, 사회로의 복귀, 그리고 그 과정에서 목격한 우리의 민낯까지 최대한 상세하게, 가감 없이 작성했다. 무엇보다 나와 비슷한 상황에 처한 이가 내 글을 읽는다면 공감하며 두려움을 떨쳐내길 바라며 글을 썼다. 뜻밖에도 많은 이들이 글을 읽어주는 듯했다. 글에 달린 수많은 댓글을 읽으며 덩달아 울기도, 웃기도 했다(사실, 우는 경우가 많았다). 투병 기간 알게 모르게 타인들로부터 받은 상처가 한 번도 본 적 없는 이들의 댓글로 치유되는 것 같았다.

내가 처음 글을 쓰기 시작했을 때 내 바람은 사소했다. 누군가 이 몹쓸 바이러스로 인해 병상에서 고독한 싸움을 하고 있을 때, 또는 자신의 소중한 사람이나 가까운 사람이 바이러스에 걸려 함께 마음고생을 하며 위로가 필요할 때 내 글을 읽는다면 좋을 것 같았다. 다행히도 그 소원은 이미 이루어진 것 같다.

우리가 이 바이러스를 두려워하는 이유

코로나19 양성 판정을 받은 순간, 내 심장은 미칠 듯이 뛰었다. 두려움과 공포를 달랠 정보의 파편을 뒤져봤지만 나를 안심시키기에는 충분하지 않았다. 그저 '매우 아프다', '후유증이 심각할 수 있다', '중년과 노년층은 바이러스 감염으로 인한 치사율이 높다', '사람 간 접촉을 통해 감염된다' 등 바이러스에 대한 기본적인 이야기밖에 없었다. 국내외 온갖 뉴스를 찾아보고, 국내 연구진의 논문도 찾아보고, 심지어 해외의 문헌도 읽어봤지만 아직 이 바이러스를 정복하기에, 희망적인 뉴스를 전하기에는 충분하지 않은 것 같았다. 그리고 코로나19를 몸소 겪으면서 내가 마주한 현실은 생각보다 잔혹했다. 백신이나 치료제로 바이러스를 정복하기에 부족한 의학적인 환경 때문이 아니었다. 눈에 보이지도 않는 이 작은 바이러스 때문에 보지 않아도 될 서로의 민낯을 봐버렸기 때문이다. 그 민낯은 대부분 바이러스에 대한 '두려움'에서 비롯된 것이었다. 치료제와 백신이 없다는 두려움, 내가 걸릴 수도 있다는 두려움, 가까운 사람들로부터 옮을 수 있다는 두려움, 공공장소에서 커피를 마시다가 걸릴 수 있고, 어쩌면 아파트의 환기구를 통해 걸릴 수도 있다는 두려움이 우리의 민낯을 드러냈다.

바이러스와 싸워 이기는 가장 강력한 방법, 연대

그럼에도 불구하고 우리는 분명 이겨낼 것이다. 만약 당신이 동의하지 않는다 해도 바이러스를 경험한 나에게는 확신이 있다. 그 확신의 이유는 지금 이 글을 읽고 있는 당신 덕분이고, 바이러스와의 전쟁터 최전방에서 힘쓰고 있는 모든 분들 덕분이다.

내가 이 책을 쓰겠다고 마음을 먹은 이유는 간단했다. 누구도 아직 이런 경험을 기록하지 않았기 때문이다. 쉬쉬하는 사회적 분위기와 감염자를 대상으로 낙인을 찍고 손가락질하는 우리의 모습을 보았기 때문이다. 물론 나도 사람들의 시선과 낙인이 무섭고 두려워 얼굴을 최대한 드러내지 않고 싶다. 대신에 이렇게나마 나의 이야기를 가감 없이 풀어가는 쪽을 선택했다.

이 글을 읽는 당신은 분명 누군가의 가족이자 친구일 것이며, 회사 동료이자 연인일 것이며, 양성 판정을 받고 입원한 환자일 수도 있고, 며칠 뒤 예상치도 못한 곳에서 바이러스에 걸리는 감염자일 수도 있다. 우리는 누구나 될 수 있다. 이 책을 통해 수많은 또 다른 '나'이자 '당신'에게 전하고 싶은 말을 한 단어로 표현한다면 '연대 정신'이라고 말하고 싶다. 어쩐지 비장한 느낌의 단어 같고, 우리의 일상과 동떨어져 있는 것 같지만 우리는 이미 바이러스의 확산 초기부터 실천하고 있다. 나와 타인의 안전을 위해 마스크를 철저히 쓰고, 나보다 더 힘든 이웃을 위해 기부를 실천하고, 하루라도 바이러스의 종식을 앞당기기 위해 기꺼이 희생을 감수하고 있었다. 우리는 '나와 이웃의 안녕'이란 공동의 가치를 실현하기 위해 연대해왔고, 앞으로도 지속해 나가야 한다는 사실을 이야기하고 싶다.

코로나가 우리에게 던진 질문

우리가 수년간 당연하게 여겨온 것들이 코로나로 인해 한순간에 맥없이 무너졌다. 하지만 전염병과 이 시대를 대하는 우리의 자세가 조금씩 서로의 안녕을 위해 새롭게 정의되어가는 것을 보며 자칫 사라졌다고 여길 뻔했던 '연대 정신'이 여전히 우리를 이어주고 있음을 느꼈다. 지금 우리는 '바이러스와의 공존의 시대'를 맞았다. 이 시기를 어떻게 해야 현명하게 대처해나갈 수 있을지 전과는 다른 새로운 혜안과 지혜가 절실하다. 단순히 코로나바이러스를 대항하고 정복하는 것만이 아니라 바이러스로 고통받는 이들까지 이해하고, 포용하고, 공존하기 위한 자세가 필요할 것이다. 이것이 코로나바이러스가 우리에게 던진 질문이라고 생각한다. 나는 그 답을 '인간의 본성과 본질'에서 찾아보고 싶다. 이 글을 읽는 당신도 그 질문과 답을 발견할 수 있기를 바란다.

차례

2부 기다리던 퇴원, 그리고 일상으로의 복귀

#코로나 #양성 #확진자 #입원

1부

50일간의 입원 생활

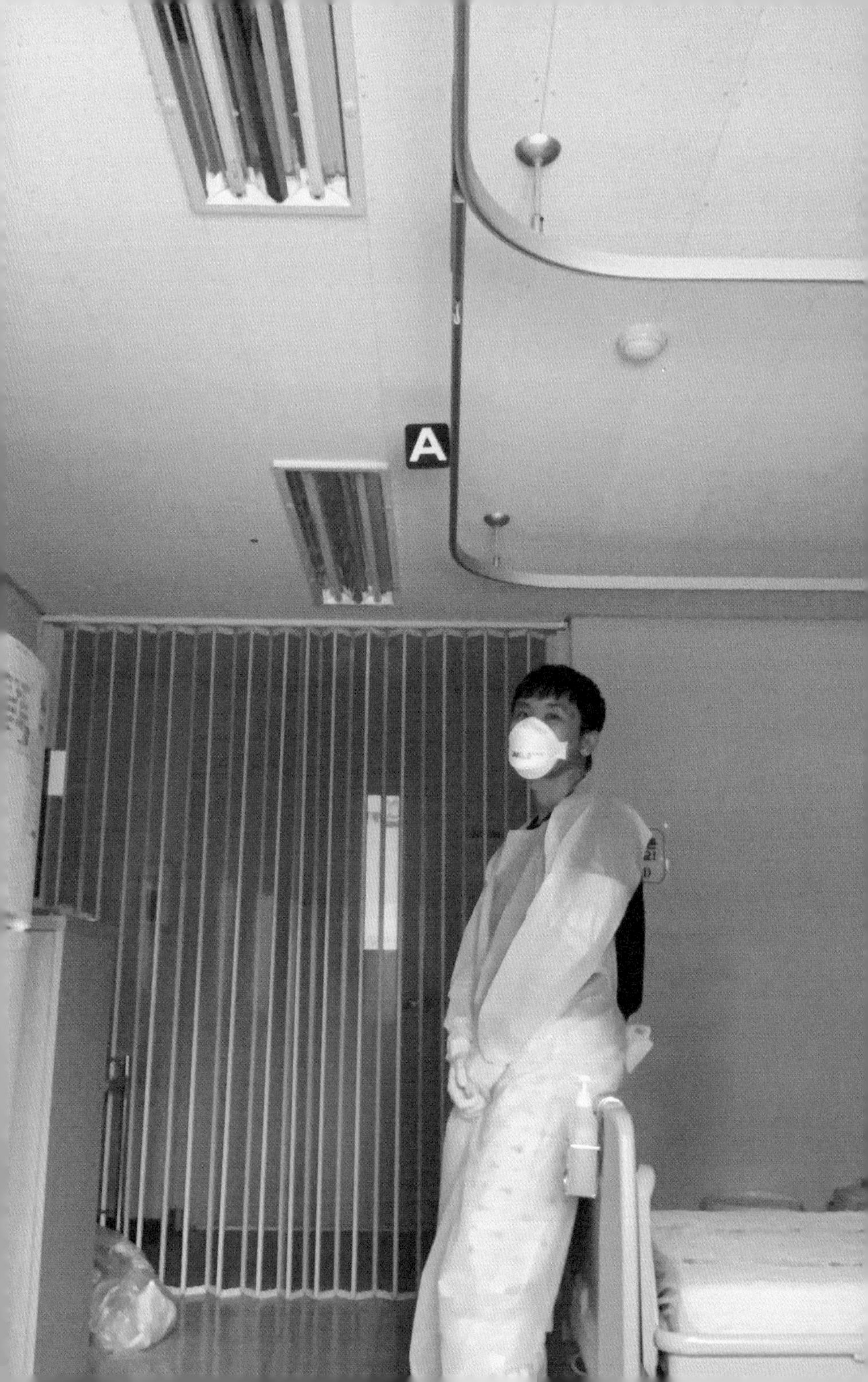
A

코로나 양성 판정,
그럼에도
해야 할 일들

코로나 양성 판정

"안녕하세요? 강남구 역학조사관입니다. 김지호 씨, 맞죠?"

전화기 너머로 들려오는 목소리는 나에게 묘한 긴장감을 주었다. 영문을 알 수 없는 죄책감 비슷한 기분이 들었다. 왜였을까. 나는 분명 잘못한 게 없는데…. 곰곰이 생각하다 그 이유를 어렴풋이 알게 되었다. 요 며칠 동안 읽은 뉴스 때문이었다. 자발적으로 선제적 자가격리를 시작하며 내가 할 수 있던 것은 인터넷 뉴스를 읽는 것이었다. 네이버 뉴스나 카카오 뉴스를 읽으며 감염자들을 비난하고 탓하는 기사들을 보며 '나도 걸리면 이런 비난을 받는 것인가?', '매장 당하는 것 아닌가?', '회사 사람들이 내 이야기를 엄청 하겠지?' 하는 생각이 들었다. 이런 복잡한 마음이 휘몰아치고 있는데, 전화 너머의 역학조사관은 혹시 셀카를 찍어 보내줄 수 있는지 물었다.

얼굴에는 열꽃이 피기 시작했고, 씻지도 않아 부스스한데 이대로 보내기가 민망했다. 스마트폰을 뒤져 그나마 얼굴이 제대로 나온 사진 하나를 골라 보냈다. 사진을 보내는 순간, '이제 내 얼굴, 전화번호, 그리고 이름이 확진자 관리 시스템 같은 곳에 등록되어 관리되겠군' 하는 생각이 머리를 스쳤다.

역학조사관이 코로나 증상에 관한 질문을 시작했다.

"혹시 발열이나 기침, 호흡곤란 같은 증세를 느끼셨나요? 만약, 느끼셨다면 언제부터 느끼셨나요?"

기억을 더듬어보았다. 검사를 받고 온 토요일 저녁부터 침을 삼킬 때 불편함과 미열을 느끼기 시작했다. 이 기억을 그대로 조사관에게 말했다. 그리고 이어진 조사관의 말이 다행히도 내가 걱정하던 부분에 대한 해답이 되었다.

"증상이 발현되기 시작한 날로부터 이틀 전까지를 전파 가능 시기로 봅니다. 그리고 해당 날짜 안에서 동선 추적을 시작합니다."

토요일 저녁부터 의심 증상을 느끼기 시작했으니, 이틀 전이라면 목요일부터 타인에게 전파가 가능했다는 것이다. 다행이었다. 작은 의심과 건강염려증 때문에 목요일부터 나 스스로를 격리하고 있었기 때문이다. 얼마 전 같이 밥을 먹었던 친구가 사흘 전인 수요일에 연락해와서 '내 친구가 코로나 확진이 나와서 나도 검사해야 한다'며 내게도 검사를 권유했었다. 여러 가능성을 생각한 나는 회사에 위험 대비 차원에서 재택근무를 신청하고 집에 있었던 것이다. 그러니 회사 사람 누구에게도 옮길 가능성은 거의 없었다. 다음 날 그 친구의 확진 소식을 듣고 나도 곧장 보건소로 연락해 검사가 가능한지 알아보았다. 할머니의 장례를 치르고 난 뒤 마련한 가벼운 식사 자리에서 내가 전염될 줄 누가 알았겠는가.

황금연휴 바로 직전 사흘에 걸친 장례를 마무리한 후 곧바로 집으로 돌아와 쉬었다. 일주일 가까이 집을 비웠던 터라 먹을 것은커녕 쓰레기봉투도 없었다. 그래서 자발적 자가격리를 하는 동안 부득이하게 집 밖을 나설 일이 서너 번 있었다. 하지만 잠깐의 외출에도 마스크를 제2의 피부 마냥 쓰고 다녔다. 보기와 다르게 부실한 면역력의 소유자였던 나는 올해 초 중국 여행 중 우한의 전염병 소식을 듣고 선견지명을 발휘해 마스크계의 명품(?) 에X카 KF94 마스크를 200여 장 플렉스해뒀다. 그리고 항상 주머니에는 휴대용 손소독제를 챙기는 것도 잊지 않았다.

죄는 없지만 결백을 주장하고 싶었다

친구가 코로나 검사를 받겠다는 이야기를 듣자마자 회사에 상황을 알린 후 외출을 삼갔다. 능동감시 자가격리(외부활동은 가능하지만 하루에 두 번 지정 담당자에게 증상 확인 전화를 해야 한다)는 아니었지만 혹시나 하는 마음에 더 열심히 코로나 예방 수칙을 지키려고 노력했다. 최소한의 인간다운 삶을 위한 움직임을 제외하고 말이다. 할머니를 보내드릴 때까지 정신이 없어 자르지 못한 머리를 자르기 위해 집을 나선 것과 할머니를 보내드린 뒤 찾아온 공허함을 잊어보고자 집 근처 바에서 술 몇 잔 마신 것이 '내 기준에서의 인간다운 삶'을 위한 것이었다.

특별할 것 없는 담백한 동선이지만, 막상 전화로 질문 세례를 받으니 고작 며칠 전 기억이 하나도 떠오르지 않았다. 그럼에도 나는 모든 질문에 성실히 답변하고 싶었다. 그러다 불현듯 구글 지도 앱이 생각났다. 사람들이 아는지 모르겠지만, 구글 지도는 우리가 움직이는 모든 동선을 기록한다. 공룡기업이 일개 내 동선에 뭐가 관심 있겠는가. 나는 여행 다니고 돌아다닌 기록을 확인하는 것을 좋아했기에 해당 기능을 끄지 않았다.

역학조사관에게 구글 지도의 타임라인에 기록된 동선을 분 단위로 설명했다. 사생활 침해니 뭐니 말도 많지만 나는 크게 신경 쓰지 않았다. 내가 어디에 다녀갔든, 적어도 내가 다녀간 곳에서는 책임감 있게 지킬 건 지키고 다녔기 때문이다.

한 시간가량을 통화한 것 같았다. 앞서 말한 동선을 몇 번이고 되짚어가며, 심지어 그날 내가 무슨 옷을 입었는지까지 설명해야 했다. 머리를 짜내고 짜내서 자세히 설명했다.

코로나 검사

양성 판정을 받기 사흘 전 친구의 코로나 검사 소식을 듣자마자 강남구 보건소에 전화를 걸었다. 담당자에게 코로나 검사를 받은 친구와 며칠 전 식사를 했다고 말했다. 하지만 담당자는 '검사 결과가 나온 후 역학조사관이 역학 관계를 추적해 연락하면 선별진료소에 방문해 검사를 받을 수 있고, 그전에 받으려면 자비로 검사를 받은 후 양성이 나오면 환불받을 수 있다'라고 말했다. 당장 내가 할 수 있는 일이 뭔지 생각했다. 일단은 재택근무로 전환해 집에서 대기하며 어떤 연락이든 기다리기로 했다. 그리고 다음 날, 아니길 바랐던 친구의 양성 판정 소식을 듣고 재차 보건소에 연락했지만 비슷한 답변을 들었다. 어떤 일에든 순서가 있는 것일 테니 역학조사관의 추적을 기다린 후 지시에 따르는 것이 옳다고 판단했다. 이후 역학조사관의 연락을 받아 지시에 따라 보건소의 선별진료소에 방문해 검사를 받았다. 이때 역학조사관은 가능한 한 접촉하는 사람이 적은 자가용을 이용하거나 택시를 이용하되 마스크를 꼼꼼히 쓰라고 거듭 강조했다.

샤워를 마치고 옷을 챙겨 입고 걷기 편한 신발을 꺼내 신었다. 집에서 강남구 보건소까지 왕복 4킬로미터, 그 길을 혼자 걸어갔다. 그날은 비가 왔다. 날씨도 마치 내 운명을 아는 듯 을씨년스러웠다. 택시를 타면 편도 5분이지만 내가 조금 편하자고 이 불안을 타인에게 안겨주고 싶지 않았다.

비가 와서 그런지 선별 진료소에는 사람이 많지 않았다. 역학조사관의 연락을 받았다고 방호복을 입은 담당자에게 말하자 담당자는 나에게 번호표를 뽑아 기다리면서 사전 문항지 작성을 완료하라고 했다. 빈자리에 앉아 찬찬히 읽어보았다. 내 현재 건강 상태와 대략적인 개인 정보를 적는 문답지였다. 설문지 작성을 마치고 하단에 서명을 마치니 내 번호가 전광판에 떴다. 방호복을 입은 담당자가 내 번호를 호명했다. 조심스럽게 손을 들고 검체 채취실로 따라 들어갔다. 담당자는 내가 작성한 설문지를 꼼꼼히 확인했다. 이어서 체온을 측정해 설문지 상단 빈칸에 적었다. 안쪽으로 안내하는 곳을 따라 들어가니 의료진 두 사람이 있었다. 검체 채취실에는 등을 벽에 기대고 앉을 수 있는 의자가 놓여 있었다. 그 의자 맞은편에는 방호복을 입

보건소 주차장에 마련된 선별 진료소 대기실. 천막 위로 떨어지는
빗방울 소리가 점점 더 커질 때쯤 '띵동' 하는 소리와 함께
전광판에 내 번호가 떴다.

은 의료진이 일사분란하게 일을 처리하고 있었다. 한 선생님이 내게 손을 내밀며 서류를 달라고 손짓했다. 내가 서류를 건네니 앞의 의자를 가리키며 앉으라고 말했다.

의자에 앉아 마스크를 내렸다. 방호복을 입은 사람들로 가득한 곳에서 마스크 하나 벗었을 뿐인데 뭔가 허전한 느낌이 들었다. 선생님은 고개를 들고 입을 벌린 뒤 '아' 소리를 내라고 했다. 선생님의 지시에 따라 입을 벌리자 선생님은 기다란 면봉으로 목 안쪽을 조심스레 닦아냈다. 그러고는 다른 면봉을 꺼내들어 나에게 턱을 들어 올리라고 한 뒤 "조금 불편하실 거예요"라고 말하며 그 면봉을 콧구멍 깊숙이 집어넣었다. 생전 느껴본 적 없는 느낌, 따끔하다 못해 아리기까지 했다. 들어갔던 면봉이 콧속에서 나오자 나도 모르게 눈물이 찔끔 흘러나왔다. 흐르는 눈물을 닦으며 자리에서 일어났다. 검사가 끝났다. 짧지만 강력한 느낌의 검사였다. 마스크를 다시 착용한 뒤 공간을 나섰다.

아린 코를 만지작거리며 출구 방향으로 걸어가는데 내 뒤에서 진료소 직원이 혹시 같이 사는 사람이 있냐고 물었다. 돌아보며 '그렇다'고 답하자 그 룸메이트도 검사 대상이니 데려오란다. '아, 왜 그 생각을 못 했지' 싶어 한숨을 내쉬며 진료소를 나섰다.

부슬부슬 비가 내리는 길을 걸었다. 집으로 돌아가는 길에 허기진 배를 달래려 햄버거를 테이크아웃했다. 집에 도착해서 햄

버거를 허겁지겁 먹으며 룸메이트에게 말했다.

"너도 검사받아야 한대."

룸메이트는 그 말에 소스라치게 놀라며 꼭 받아야 하는 거냐며 되물었다. 결국 나는 겁에 질린 룸메이트를 끌고 나왔다. 그렇게 또 30분을 걸어서 보건소에 도착했고, 검사를 받기 위한 절차를 밟았다. 참고로 룸메이트는 프랑스인 여자'사람'친구로, 한국어가 잘 통하지 않아 채취실에 함께 들어갔다.

그런데 룸메이트가 채취실에 들어가서 앉더니 갑자기 울기 시작했다. 황당해서 '너 왜 우냐?'라는 질문이 목구멍까지 차올랐지만, 그녀의 복잡한 마음을 물을 만큼 내 마음도 여유롭지는 않았다. 그녀는 검사관이 검사용 면봉으로 입안에서 검체를 채취하자 헛구역질을 하고, 콧구멍 안쪽으로 면봉을 넣으려 하자 몸을 떨며 못 하겠다고 소리를 질렀다. 선생님도 나도 당황했지만 어떻게든 진정시켜 검사를 완료했다.

진땀을 뺀 검사를 마치고 선생님이 물으셨다.

"어디서 왔다고요? 프랑스라고 했나요? 프랑스 사람들이 특히 더 이래요."

덕분에 좀 웃었다. 이 말을 룸메이트에게 통역해줬더니 "Frenches are dramatic(프랑스 사람들이 좀 오버가 심해)"이라며 인정하는 게 아닌가. 으이구! 등짝을 시원하게 한 대 때리고 다시 집으로 걸어갔다.

집으로 가는 길에 "왜 울었어? 뭐가 그렇게 무서웠어?"라고 물어보니 콧구멍을 통해 면봉을 뇌까지 집어넣을 것만 같았다고 한다. 그래, 알지 알지. 코로나에 걸렸는지 검사하는 건데 검사의 공포와 고통만으로 이미 코로나에 걸린 기분이었을 테니까. 그런데 뇌까지 면봉을 넣는다는 생각을 어떻게 하지? 코로나바이러스가 잔뜩 묻은 망치로 뒤통수를 얻어맞은 것 같은 기분이었다.

나만 양성이었다

내 상태는 점점 최악의 상황을 향해 가고 있었다. 역학조사관과 통화를 끊고 나서 룸메이트에게 코로나 검사 결과가 나왔는지 물었다. 그녀는 스마트폰을 들어 문자메시지를 내게 보여줬다. 음성이란다. 어이가 없었다. 왜 우리가 같이 사는데, 나만 양성이고 넌 음성이냐.

한 지붕 아래에서 분명 밥도 같이 먹고, 감자튀김도 뺏어 먹고, 얼굴을 마주한 채 (분명 비말을 튀기며) 이야기도 함께 나눴을 텐데 나는 양성 판정을 받고, 룸메이트는 음성 판정을 받다니. 황당하다 못해 어이가 없었다. 억울한 기분이 들었다. 뭐, 이딴

바이러스가 다 있나. 이후 다시 걸려온 역학조사관과의 전화에서 이 이야기를 하니 조사관도 의아해했다. 뉴스에서 보던 일을 내가 직접 겪으니 더 어이가 없었다. 나름 긍정회로를 풀가동해서 생각하자면 우리는 집에서도 각자 개인위생을 철저히 지켰던 것이다.

이어진 역학조사관과의 통화에서는 신용카드 사용 내역 조회가 필요하다며 카드사와 카드번호를 알려 달라고 했다. 부랴부랴 지갑을 찾아 주로 사용하는 카드 세 개에 대한 정보를 알렸다. 그러자 역학조사관은 마지막으로 챙겨야 할 것들을 다시 상기시켜주고 통화를 종료했다.

역학조사관과 여러 명의 보건소 담당자와 두 시간이 넘는 통화만으로 나는 충분히 지쳤다. 내가 양성이라는 사실을 아직 온전히 받아들이지도 못했는데, 당장 준비하고 처리해야 할 일이 계속 밀려들고 있었다. 게다가 체온계가 없어 정확한 체온을 잴 수 없었지만 점점 몸에 열이 오르는 것이 느껴졌다.

다시 침대에 몸을 뉘인 후 생각을 정리했다. 무엇을 챙겨야 할지, 회사에는 뭐라고 말해야 할지, 부모님께는 어떻게 말해야 할지 막막해졌다. 하지만 쏟아지는 졸음에 잠시 눈을 감았다.

방문 너머로 들리는 달그락거리는 소리에 금세 잠에서 깨 문을 열고 나가니 룸메이트가 비닐장갑과 마스크를 쓴 채 사방팔

방을 닦고 있는 것이 아닌가. 어쩐지 속상한 마음이 분수처럼 솟구쳤다. 얄밉다고 해야 할지, 뭐라 말할 수 없는 속상함이었다. 머리로는 이해가 되었지만 마음으로는 받아들이기 쉽지 않았다.

그저 지금 내가 할 수 있는 일을 하는 거야

그녀는 프랑스어로 무어라 중얼거리며 냉장고며, 방문이며, 화장실 변기며, 심지어 찬장 안의 식기까지 꺼내서 일회용 물티슈로 닦고 있었다. 하나 닦고 버리고, 하나 닦고 버리고. 아깝다는 생각이 절로 들었다. 내가 무슨 역병이라도 옮긴 것처럼 사방팔방을 닦고 다니는 친구가 갑자기 원망스러웠다. 자기는 음성 판정 받았으면서….

방문에 기대어 그 친구가 하는 것을 멍하니 지켜보고 있었다. 한참을 본인 일에 집중하던 그 친구가 나를 발견하고는 상기된 얼굴로 나에게 한마디를 던지고는 다시 본인이 하던 일에 집중했다.

"I am just doing what I can do right now(그저 지금 내가 할 수 있는 일을 하는 거야)."

그래, 맞다. 당연히 그래야 한다. 사실 머리로는 이미 충분히 이해하고 있었다. 먼 타지에 와서 믿을 만한 친구라고는 나밖에 없는데, 내가 코로나 양성 판정을 받았으니 가족도 없는 타지에서 혹여 코로나에 걸려 병원에 입원할 생각을 하면 눈앞이 캄캄해지겠지. 나는 병원에 입원해버리지만, 본인은 집에 머물러 일상을 유지해야 하니 말이다. 그렇게 그녀는 내가 지켜보는 것도 아랑곳하지 않고 내가 손댔을 만한 곳들을 계속 닦아내고 있었다.

한참을 지켜보다가 쓰레기봉투를 꺼내 들고 안내받은 대로 폐기해야 할 쓰레기들을 하나하나 모았다. 봉투에 다 담고 보니 한 짐이 되었다. 다른 봉투에 이중으로 싼 후 단단히 묶어서 문 앞에 두었다.

기억을 더듬어가며 전화로 안내받은 것들을 챙겼다. 근데 대체 병원에 얼마나 있게 될지 알 수가 없으니 무엇을, 얼마나 챙겨야 할지 감이 오지 않았다. 불행 중 다행인 건 그래도 불과 며칠 전까지 할머니의 병간호를 한 덕에 병원에서 무엇이 필요한지 내 손이 기억하고 있었다. 조금 다른 점은 퇴원 시 폐기해야 할 것들 위주로 챙겨야 한다는 것이었다.

코로나 양성 판정 입원 시 필요한 물품들(만 27세 남성 기준)

세면도구(수건 세 장, 큰 수건 한 장, 칫솔과 치약, 세안용 클렌저, 보디클렌저, 샴푸, 컨디셔너, 면도기), 기초 화장품, 립밤, 핸드크림, 세탁용 비누, 물

티슈, 손풍기, 스마트폰 충전기, 노트북, 전자책, 상의·하의 각 세 벌, 속옷 세 장, 슬리퍼

• 퇴원 시 모두 폐기 가능한 물품으로 챙겨야 한다.

3분의 1 정도 챙겼을 때 갑자기 또 처음 보는 번호로 전화가 울렸다.

"구급차가 15분 내로 도착할 테니 준비하세요."

이런, 지금 당장 병원에 간다고? 전화를 끊으며 욕을 내뱉었다. 분명 미리 언제 올지 알려주겠다던 구급차가 15분 내로 도착한다는 것이다. 전화를 끊자마자 죄 없는 시리를 불러 "15분 타이머 맞춰줘"라고 소리를 지르고 서둘렀다. 정갈하게 챙기는 것은 포기하고, 아끼지만 막 굴리는 프라이탁 더플백에 모두 다 때려 넣기 시작했다. 저질 면역력을 위해 꼬박꼬박 챙겨 먹는 오X몰 이뮨 영양제는 그냥 박스 채로 집어넣었다.

10분도 지나지 않았는데 또 전화가 울렸다. 집 앞에 도착했다는 것이다. 나도 모르게 전화에 대고 짜증을 낼 뻔했지만, 진정하고 차분하게 "조금만 기다려주시면 안 될까요?"라고 했더니 되레 나에게 시간이 없다며 짜증을 냈다.

'아, 내가 먼저 짜증 선빵을 날렸어야 했는데…', '내가 죄인인가?', '좋게 말하는 나한테 왜 짜증을 내지?', '좋게 말하니까 만

만한가?', '이왕 하는 일인데 좀 좋게 해줄 순 없나?' 별의별 생각이 다 들었지만 어쨌든 짐을 다 챙겼다.

가방을 둘러메니 그제야 타이머가 울린다. 시간이 없다고 하니 급한 마음에 현관에 나와 있는 신발을 신는데, 그게 왜 하필 목이 높은 하이탑 신발이었을까. 기를 쓰고 신고 있는데 또 전화가 울린다.

"집 앞에 차를 댈 수 없어서 공원 앞에 서 있으니 거기로 오세요. 빨리요!"

"알겠습니다! 내려갑니다!"를 연발하며 내려가서 보니 공원 옆에 주차한 구급차가 보였다. 내가 도착하니 방호복을 입은 간호사 한 분이 뒤에 타라며 손짓을 했다. 구급차에 올라타면서 운전석이 보이자 '전화로 짜증 내던 인간이구나' 하고 속으로 씩씩거렸다. 하지만 불평할 기력도 없었다. 그리고 막상 방호복을 입은 모습을 보니 그들도 원치 않게 코로나바이러스와 맞서 싸우게 된 간접적인 피해자일 거라는 생각이 들어 마음이 짠했다. 물론 곧바로 내 코가 석자라는 생각에 마음이 착잡해졌다.

차에서 겨우 숨을 고르고 있는데, 문득 내가 차에 올라탈 때 엄청난 죄를 지은 것처럼 얼굴이 안 보이도록 모자를 푹 눌러쓰고 가리며 올라타던 모습이 머릿속을 스쳤다. 왜 그랬을까? 본능적으로 동네 사람 누구에게도 들키고 싶지 않았던 모양이다.

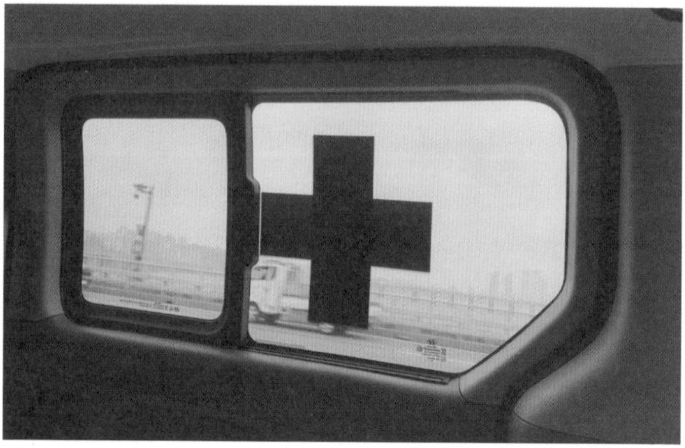

구급차에 실려가는 경험을 하게 될 줄은 몰랐다. 그동안 몇 번이고
다녔던 한남대교를 구급차로 건너게 되니 무슨 환자라도 된 것 같았다.
아, 나 환자 맞지.

나는 강남에 살고 있지만, 병원은 동대문의 국립중앙의료원으로 배정되었다. 완전히 모르는 곳은 아니고 다행히 내가 태어나고 자란 동네의 병원이었다. 익숙한 병원으로 배정되어 긴장감이 덜 했지만, 무엇이 어떻게 될지 모르는 상황 때문에 옅은 긴장감을 떨칠 수 없었다.

구급차를 타고 한남대교를 건너며 바라보는 한강의 모습은 익숙하면서도 이질적이었다. 구급차 창문에 붙어 있는 녹십자와 함께 한강을 바라보는 것이 처음이어서 그런 걸까. 속상하고 불안한 마음이 계속 가슴속에서 일렁였다.

입원, 긴장감, 그리고 락스 냄새

구급차가 국립중앙의료원에 도착했다. 앞자리에 앉아 있던 의료진이 내려 주변의 다른 방호복을 입은 사람들과 이야기를 몇 마디 나누더니 내가 타고 있는 칸의 문을 열어주었다. 그러고는 차에 있던 내 짐들을 철제 카트 위에 올리고 대형 분무통에 든 액체를 잔뜩 뿌렸다. 곧 코를 찌르는 락스 냄새가 사방에 퍼졌다.

이어서 야외에 위치한 이동형 진료소로 이동해 컨테이너에 들어가 내 인생 첫 CT 촬영을 했다. 다른 것도 아니고 코로나 때문에 CT 촬영을 할 줄이야. 촬영을 시작하고 마칠 때, 의료진이

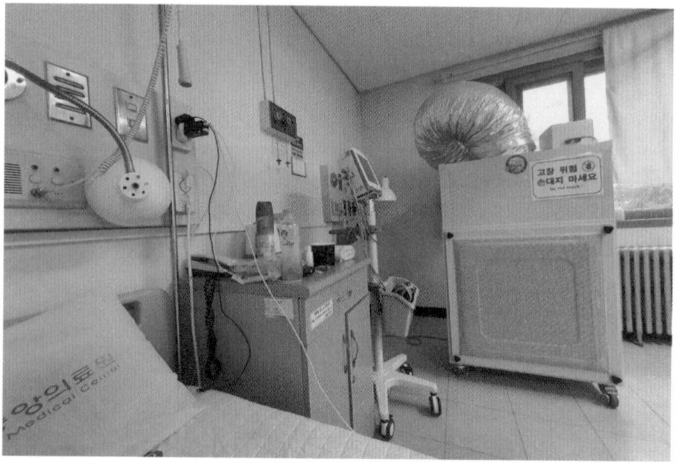

창문을 틀어막고 서 있는 음압기가 위압감 넘치는 소음으로 나를 반겼다. 이 병실에서 나갈 생각은 하지도 말라는 듯 창문에는 못이 굳게 박혀 있었다.

절대 '손을 대지 말라'고 거듭 강조했다. 아마도 기기에 내 손이 닿으면 소독 처리를 해야 해서 그랬을 것이다.

CT 촬영을 마친 후 밖으로 나오니 간호사 두 분이 비닐로 된 간이 방호복 같은 걸 입혀주고, 발에는 하얀 발싸개를 씌워주었다. 그리고 손에는 라텍스 장갑을, 얼굴에는 마스크까지 씌워주었다. 따라오라는 말에 함께 건물 안으로 들어갔다. 뒤에는 방역 담당자가 내가 걸어가는 발걸음을 따라오며 열심히 소독액을 뿌렸다.

그리고 도착한 316호. 1인실로 배정된 병실에는 창문과 연결된 내 몸만 한 기계 하나와 냉장고, 환자용 침대, 혈압 측정기, 옷장, 그리고 서랍장이 배치되어 있었다. 간호사는 병실 밖으로 나와서는 안 된다는 간단한 안내 사항 설명과 함께 갈아입으라며 환자복 한 벌과 수건 한 장을 주고 나갔다.

창밖으로는 작은 공원이 보였다. 창문은 열 수 없도록 나사로 고정되어 있었고, 에어컨은 사용할 수 없도록 비닐봉투로 싸여 있었다. 벽과 바닥을 보니 꽤 연로한 건물의 나이가 짐작되었다.

병실 한쪽에 보이는 접이식문(자바라 커튼)을 젖히니 세면대 하나가 덩그러니 있었고, 뒤를 돌아 문을 열면 한 사람이 들어갈 정도의 작은 화장실이 있었다. 문을 닫고 샤워를 할 수 있는 시설이 없었다. 근데 이건 당장 중요하지 않았다.

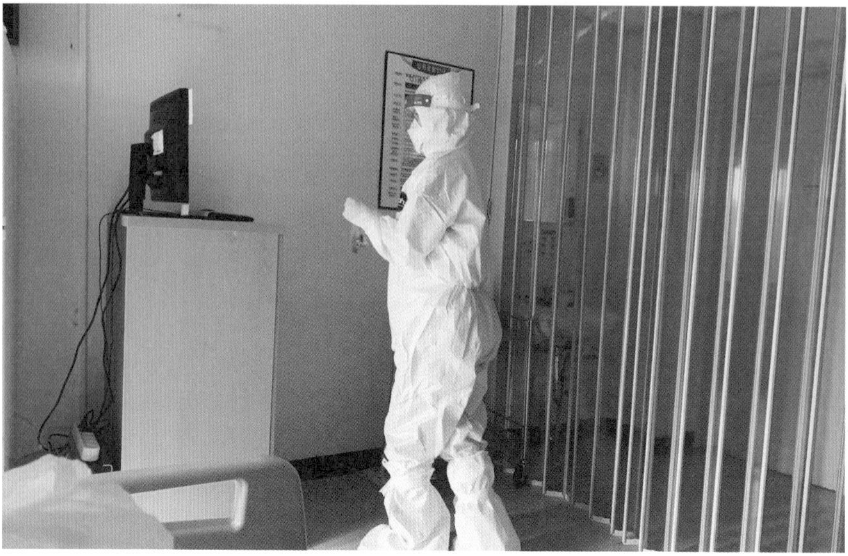

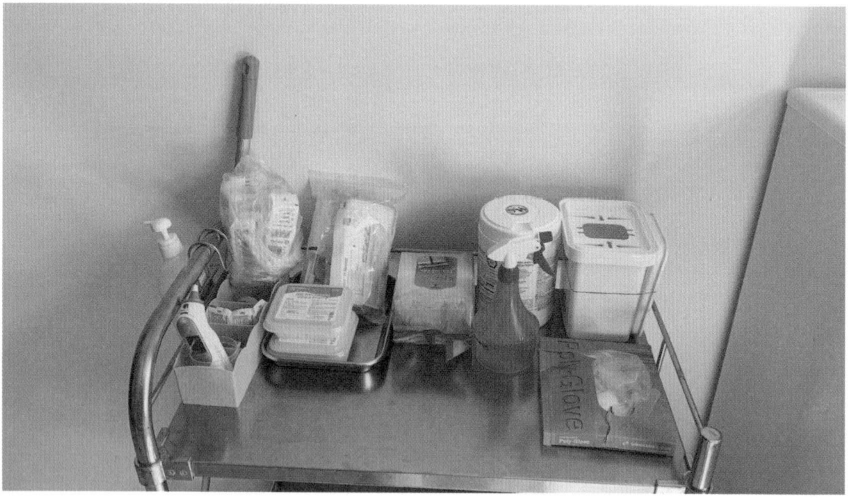

입원 절차 안내부터 식사까지 챙겨주시던 간호사 선생님.

노련미가 느껴졌다. 각 병실마다 의료 도구가 비치되어 있었다.

뭐가 이것저것 많다 싶었지만 입원 내내 내게 필요했던 것들이다.

나는 죄인이 되었다

전화를 돌리기 시작했다

양성 판정을 받은 뒤 우선 문자메시지로 가족과 회사에 이 사실을 알렸다. 몇 분 지나지 않아 전화가 빗발쳤다. 나는 성실히 설명했지만 겁에 질린 그들은 나에게 어떻게 하냐고 물었다. 나도 무섭고 모르기는 마찬가지인데…. 입원 절차를 완료한 후 연락을 드리겠다고 하고 모든 전화를 끊었다. 역학조사관과 통화했을 때 내가 궁금하고, 주변 사람들이 궁금해할 만한 것들을 질문했었는데, 그 답변들을 노트에 하나하나 적기 시작했다.

가족에게 전화를 걸었다. 할머니께서 돌아가신 지 얼마 되지 않았기에 할머니 댁에서 제사를 지내고 있던 엄마에게 다른 방으로 들어가서 전화를 받으라고 당부했다. 그리고 역학조사관에게 들은 내용을 설명해드렸다.

- 가족들은 나와 식사 중 접촉했기 때문에 자가격리 대상자이다.
- 가능한 한 빨리 관할 보건소에 가서 확진자와 접촉한 가족이라 밝히고 검사를 받아야 한다.
- 가족들의 연락처를 알려줬으니 보건소 및 역학조사관이 곧 연락할 것이다.
- 자가격리 조치가 이루어질 텐데 자가격리에 관해서는 검사 후 보건소 담당자가 안내할 것이다.
- 나는 병원에 입원한 상태고, 방문이나 면회는 불가능하다.

엄마의 목소리에서 당황한 기색이 역력했지만 끊임없이 내 걱정을 해주셨다. 나는 애써 괜찮다고 말하며 엄마의 걱정을 달랬다. 엄마한테 괜한 걱정거리를 만들어서 미안하다고 말하고 전화를 끊었다.

다음은 회사였다. 우선 내 소속 본부장에게 전화를 걸었다. 괜찮냐는 말을 시작으로 질문이 쏟아졌다. 나는 역학조사관에게 들은 이야기를 차분히 설명해드렸다.

- 최초 증상 발현일로부터 이틀 전을 전파 가능일로 본다.
- 나는 그 가능일(목요일)부터 이미 회사에 출근하지 않고 재택근무를 했다.
- 회사에 출근한 월요일부터 수요일은 사무실 내에서 마스크를 착용하고 있었다.
- 회사 내 동선은 사무실이 위치한 층과 1층의 카페였다.
- 감염 시점은 주말 중으로 추정되나 평일 동안은 관련 증상이 없었다.
- 역학조사관이 알려준 기준에 따르면 사무실 내 전파 가능성은 없어 보인다.
- 역학조사관에 따르면 사무실 또는 건물의 봉쇄 조치는 필요하지 않을 것 같다.
- 회사명과 주소 등 필요한 정보를 모두 역학조사관과 보건소 담당자에게 넘겼고 필요하면 연락이 갈 것이다.

나는 할 수 있는 최선을 다해 선제적으로 정보를 조사하고, 확인된 정보를 회사에 공유했다. 하지만 여전히 전화 너머로 들려오는 당혹스러움은 괜히 나까지 덩달아 안절부절못하게 만들었다.

"어디서 감염된 것 같냐?", "조심하지 그랬어" 등의 나조차 알

유리창 안은 전쟁 중인데, 밖은 너무나 평온해 보였다.

햇살이 유난히 따스했다.

수 없어 궁금한 질문들이 계속 이어졌지만 적당히 둘러대고, 걱정을 끼쳐서 죄송하다는 말로 전화를 끊었다. 아마도 그 당혹스러움은 본부장 자신의 자녀와 가족에 대한 걱정 때문이었을 것이다.

잠시 뒤 전화가 왔다. 다른 본부의 본부장이었다. 현재 내 상태를 물어보시기에 앞선 전화에서 공유한 내용을 다시 설명해 드렸다. 그러자 '확진 소식을 듣고 우리 사무실이 위치한 코워킹 스페이스 담당자가 통화를 하고 싶어 한다'고 했다. 꽤 귀찮게 됐지만 별 수 없어 전화번호를 넘겨 달라고 했다.

'코워킹스페이스 담당자와 통화를 해야 한다고? 복도에서 지나치면서 간간히 인사를 한 정도의 사람들에게 연락을 해서 상황을 설명해야 한다니. 또 나에 대한 이야기가 사람들 사이에서 오고 가겠지….'

생각이 꼬리에 꼬리를 물고 이어졌다. 머릿속이 복잡해졌다. 대체 몇 시간을 얼마나 더 통화해야 하는 것인가. 억울하지만 아무도 관심 없을 내 사정을 누구에게까지 객관적이고 논리적으로 설명해야 할까? 힘들고 겁에 질린 건 난데, 그들은 나를 계속 추궁한다. 그냥 내가 간 곳이 있다면 거길 방역하면 되는 것이고, 내가 접촉한 사람이 있다면 찾아서 검사를 받게 하면 되는데, 내가 어디까지 전화해서 그들을 안심시켜야 하는 것인가 싶었다. 왜 이 억울함은 내 몫이 돼야 하는가. 병실 밖 그들은 겁에 질려서 내가 보이지 않을 것이다. 그저 내가 바이러스로 보이겠지.

한숨을 내쉬고는 코워킹스페이스 담당자에게 전화를 걸었다. 전화를 받은 담당자는 내 상태를 물었다. 괜찮다고 답하자, 역시나 질문이 쇄도했다.

"어디에 거주하시죠?"

"확진자 번호는 나왔나요?"

순간 멍해졌다. 어디에 거주하냐고? 확진자 번호? 그걸 묻는 의도가 뭐지? 마치 무슨 죄수번호를 묻는 것 같았다. 정신을 차리고 앞선 두 본부장과의 통화에서 알려드렸던 내용을 다시 설명해드렸다.

- 역학조사관의 말에 따르면 최초 증상 발현일 기준 이틀 전부터 전파가 가능하다.
- 나는 토요일에 검사해 일요일에 양성 판정을 받았다.
- 최초 증상은 토요일 저녁부터 있었으며, 이틀 전이면 목요일부터 전파 가능 시기로 볼 수 있다.
- 나는 지인으로부터 코로나 검사 관련 소식을 듣고 목요일부터 자가격리를 했으니 사무실 및 건물 내 확산 가능성은 없다.
- 월요일부터 수요일은 건물 출입 단계부터 근무 내내 마스크를 쓰

고 있었기 때문에 큰 걱정은 하지 않아도 될 것 같다.

양성 판정을 받은 아침부터 입원한 후까지 수차례 반복하여 설명했더니 목도 아프고 힘에 부치기 시작했다. 하지만 내 설명에도 원하는 답이 없었던 모양인지 상대는 "그래서 몇 번 확진자시라고요?"라며 재차 물었다. '하, 나도 모른다고'라고 소리를 지르고 싶었지만 어금니를 깨물며 '그도 사무실 동료들에게 여러 질문을 받았겠지'라고 이해하고자 했다. 그리고 "역학조사가 다 안 끝나서 아직 안내가 안 된 것 같습니다. 확인되면 알려드릴게요. 부득이하게 불편을 드려 죄송합니다"라는 말로 그를 안심시키고 전화를 끊었다. 그 순간에도 가늘어질 대로 가늘어진 이성의 끈을 부여잡으려던 내가 대견하다. 내가 도통 무슨 정신이었는지 알다가도 모르겠다. 그때는 이미 내 몸이 열로 끓어오르고 있었는데 말이다.

나는 죄인이 아니다

전화 통화를 하면 할수록 죄책감이 들었다. 아니 어느새 나는 죄인이 되었다.

가족에게 전염병을 옮기는 죄인.

회사에 전염병을 옮기는 죄인.

지역사회에 전염병을 옮기는 죄인.

통화를 할 때마다 마치 변명처럼 상황을 설명해야 했고, 설명이 끝나면 모두 하나같이 "어쩌다 걸렸냐?", "조심하지 그랬어"라며 걱정해주는 듯 나를 원망했다. 그때마다 머릿속에 저장된 '자주 묻는 질문 리스트'의 '2번 질문에 대한 답변' 재생 버튼을 눌러 똑같은 설명을 반복했다. 반복하면 반복할수록 나는 더욱 머리를 조아리게 되었다. 기계적으로 답변해도 될 텐데 이야기를 하면 할수록 죄책감은 배가되었다. 그리고 그들의 걱정을 진정시키는 건 그때나 지금이나 내 몫이다.

나는 그저 죄인이 되어가고 있었다. 아직 명확한 건 내가 피해자라는 사실 하나인데, 주변인들은 자신을 잠정적 피해자로 여기며 나를 가해자로 몰아가는 듯했다. 그들에게 그런 의도가 없었다고 해도 전화 너머 내 귓속을 파고드는 그들의 말은 나를 죄인으로 만들기에 충분했다.

조심하지 그랬어

뉴스를 통해 확진자들의 소식을 접할 때 특정 '교회'나 '클럽' 등에 다녀갔다는 것에 나는 크게 개의치 않았다. 하지만 언제부턴

음압기 소음이 가득한 병실에서
해가 지는 풍경을 바라볼 때면 병원 밖 일상이 아득해지고
음압기에 빨려 들어가는 느낌이다.

가 사람들 사이의 화젯거리는 '몇 번 확진자가 어디를 다녀갔다'라든가, '알고 보니 그 확진자가 불륜이었다'라는 가십성의 '카더라 뉴스'였다. 추측과 억측이 대부분이었다. 그때도 난 관심이 없었다. 딱히 내가 도덕적이거나 정의로운 사람이어서가 아니라 그냥 관심이 없었다.

내가 확진자가 되니 모든 상황이 더욱 뚜렷하게 다가왔다. 그러나 확실한 것은 '양성 판정 전 감염자'들은 자신이 코로나에 걸렸는지 모른 채 돌아다녔다는 점이다. 나 또한 그랬다. 하지만 돌아다니더라도 마스크를 잘 쓰고 개인위생을 챙겼다면 크게 걱정할 거리는 아닐 것이다. 따라서 그들이 방역 수칙을 잘 지켰다면 그들을 욕할 이유는 없다. 하지만 위생에 신경 쓰지 않았거나 거짓으로 동선을 진술하여 전염병이 전파되는 데 일조했다면 그들을 충분히 비난할 수 있다. 이것저것 신상을 들먹일 것까지도 없이 말이다.

내 항변을 하자면 나는 적어도 책임 있는 생활 속 방역을 실천했고(평소 내 면역력이 좋지 않은 것을 알고 있기에), 어디에 가든 마스크를 쓰고 다녔다. 그럼에도 결국 난 코로나 양성 판정을 받았고 병원에 입원했다. 양성 판정 후 나와 통화한 이들은 직접적으로 말하지는 않았지만 내 부주의한 행동이 이런 결과를 가져온 것이라는 듯 이야기했다. 그때마다 몇 번이고 감정이 복받

쳤다.

“어쩌다 걸렸냐?”

“조심하지 그랬어.”

“어디서 걸렸냐? 마스크 안 썼어?”

서운하고 억울했다. 이런 이야기를 들을 때마다 “제가 죄인인가요? 추궁하지 마세요. 저도 피해자라고요”라고 억울함을 호소하고 싶었지만 아무런 말도 할 수 없었다. 내가 무슨 말을 한들 코로나 양성 판정을 받은 나는 그들에게 자신의 삶을 위협하는 사람에 불과하니까….

애꿎은 마른침만 삼켰다. 목이 따가워지기 시작했다. 그리고 열은 오를 대로 올라 눈이 빠질 것처럼 아파왔다.

내 확진 사실이 공지되었다

내 확진 소식이 회사에 전달된 뒤 전사적으로 공지되었다. 그리고 회사 전 직원이 2주간의 재택근무에 들어간다고 했다. 내가 전파시킬 수 있는 기간에는 분명 사무실에 출근하지 않았음에도, 역학조사관이 회사는 역학조사 대상이 아님을 분명히 해주었음에도 회사와 회사가 입주해 있는 코워킹스페이스는 모두 2주간 재택근무를 진행하는 것으로 협의한 듯했다.

그뿐만 아니라 회사는 내가 확진자(친구)와 최초 접촉한 날 이후 출근한 이틀간 나와 직·간접적으로 접촉한 사람들을 대상으로 두 차례에 걸쳐 코로나 검사를 진행하였다. 두 차례로 진행된 데에는 사연이 있었다. 첫 번째 그룹은 내가 출근한 이틀 동안 나와 접촉했다고 '내가 기억하는' 이들을 대상으로 진행했다. 두 번째 그룹은 나와의 접촉 여부와 관계없이 '불안을 호소하는 직원'들을 대상으로 회사 전 직원에게 사내 공지를 한 후 신청을 받아 진행했다고 한다.

검사가 이루어지는 과정에서 코워킹스페이스 측에서는 자체적으로 방역을 진행했다. 코워킹스페이스 담당자가 나와 통화했을 때, 내게 몇 번 확진자인지 물었지만 답하지 못했다. 왜 묻는 것인지 어느 정도 유추는 되었다. 내 동선 내역에 자신들의 건물명이나 회사명이 노출될까 봐 우려했던 것 같았다. 이기적인 자본주의 세상이다. 통화를 했을 때는 나도 경황이 없다 보니 정신없이 공유할 내용을 쏟아냈지만, 곱씹어보면 어떻게 입원해 있는 환자에게 그런 식으로 캐물을 수 있는지 예의를 떠나 상대에 대한 이해나 배려가 부족했다는 생각이 든다. 그런 것을 기대하는 것은 과분한 기대인가.

내가 입원한 이후 2주간 재택근무로 전환했던 회사는 12명을 대상으로 진행한 코로나 검사 결과가 모두 음성으로 나오자

2주간 진행하기로 한 재택근무를 1주일로 단축하고 선택적 재택근무제로 전환했다. 이후 경영지원부서 동료에게 들어보니 같은 층에 있던 다른 회사의 직원들이 우리 회사 사람들이 2주도 되지 않았는데 출근하는 것을 보고 코워킹스페이스 측과 우리 회사 직원들에게 대놓고 면박을 주거나 항의를 하기도 했다고 한다. 급기야 코워킹스페이스 직원이 우리 회사 사무실이 위치한 층에 상주하며 마스크를 잘 쓰고 다니는지 지켜보기까지 했다는 소식에 회사 동료들에게 너무나 미안하면서도 얼굴 한 번 본 적 없는 다른 회사 사람들의 과민 반응에 입원해 있는 나까지 불쾌해졌다.

마스크를 잘 쓰고, 손 소독도 잘하면서 개인위생에 신경을 쓴다면 걱정할 것이 없을 텐데, 왜 자신들의 불안을 더 큰 불안을 느끼는 이에게 뒤집어씌우고 전가시키려는 것인지 이해할 수 없었다. 조금만 입장을 바꿔 생각해보면 알 수 있을 텐데….

아이스팩과 해열제 한 알, 코로나에 대항하기 위한 모든 것

통화를 마치고 난 뒤, 잠시 몸을 뉘었다. 점점 열이 오르는 게 느껴졌다. 한숨을 내쉬고 생각을 정리하려고 애썼다. 코로나 양성 확진 후 혹시나 누군가에게 옮긴 건 아닐까 싶어 불안했던 내 동선에 대한 기억, 빗발치던 전화, 버려야 했던 물건들, 야반도주하듯 올라탄 구급차, 생전 처음 촬영해본 CT 촬영, 방호복을 입고 나를 둘러싸던 간호사들, 마스크를 뚫고 들어오는 락스 냄새, 그리고 변명처럼 구구절절 설명해야 했던 전화. 정신이 아득해졌다.

누군가 노크하는 소리가 들렸다. 접이식문을 열고 방호복을 입은 간호사 선생님이 들어오셨다. 아까랑 같은 분인가? 누가 누군지 알 수가 없었다. 혈압과 혈중 산소포화도, 그리고 체온

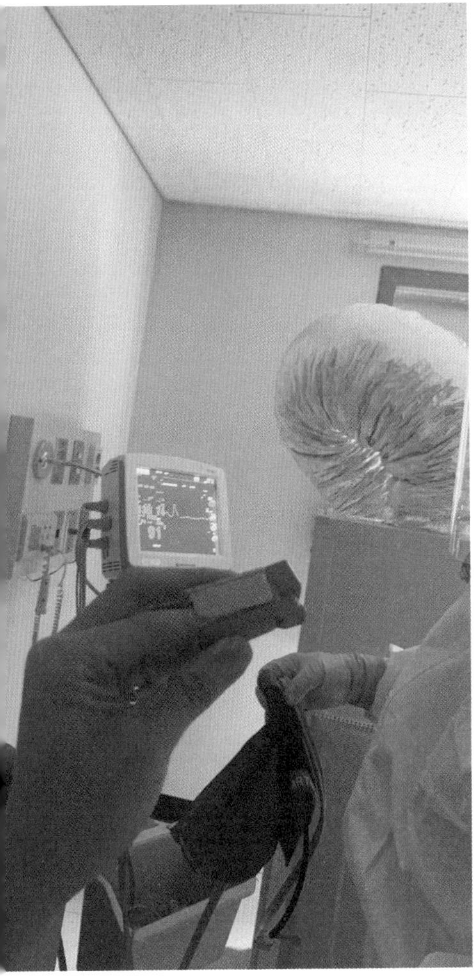

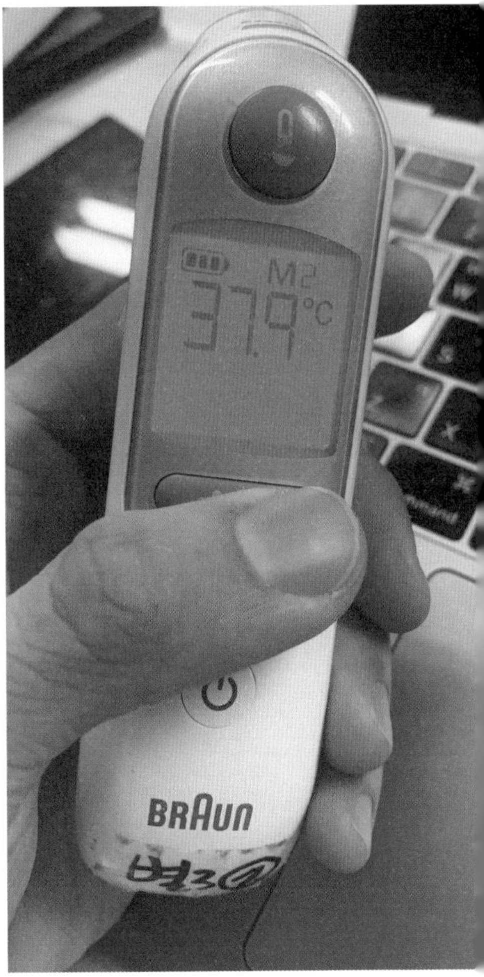

폐에 염증을 유발하는 코로나바이러스의 특성상
혈중 산소포화도가 매우 중요한 지표다.
98퍼센트 이하로만 떨어져도 생명에는 치명적이라고 한다.
체온은 수시로 쟀다. 전보다는 나아지길 바라는 마음으로….

측정. 그날부터 매일 하루에 세 번씩 측정했다. "혈압과 체온 좀 잴게요"라며 왼팔에는 혈압 측정을 위해 측정 밴드를 채우고, 오른손 검지에는 무슨 핑거팁 같은 걸 끼웠다.

혈압 측정기의 시작 버튼을 누르니 '위잉' 소리와 함께 팔을 조여오는 측정 밴드. 동시에 내 귓속에 체온계를 넣은 지 얼마 안 돼 '삐' 소리와 함께 체온이 측정됐다. 37.9도. 조여오던 혈압 측정 밴드의 바람이 빠지며 나온 혈압 수치, 130/87. 그리고 그 아래에 99퍼센트라고 쓰인 수치.

간호사 선생님께 무엇인지 여쭤보니 '혈중 산소포화도'라고 했다. 간호사는 "열이 좀 있네요. 아이스팩을 드릴 테니 우선 겨드랑이 사이에 넣고 계시면 열이 좀 내릴 거예요"라며 장비를 정리했다. "네"라고 대답하고는 속으로 곰곰이 생각했다.

'이게 다인가?'

궁금한 건 못 참는 성격이라 나는 질문을 쏟아냈다.

"열이 더 오르면 어떻게 해요?"

"못 견디겠다 싶으시면, 옆에 전화기 보이시죠? 저희 간호사실로 연락 주시면 도움 드릴게요."

"입원하신 분들은 대략 며칠 만에 퇴원하시나요?"

"대략 3~4주 정도 있다가 나가세요. 두 달 넘게 계시는 분도 있긴 해요."

'두 달? 두 달이라고? 난 안 그럴 거야. 얼른 회복해서 나가야지' 하고 속으로 되뇌었다. 이어서 간호사의 질문과 안내가 이어졌다.

"혹시 드시는 약이 있나요? 챙겨 오신 것 있으면 보여주세요."

"곧 의사 선생님이 오셔서 코로나 검사 한 번 더 하실 거예요. 식사도 곧 들어올 거고요."

"옆에 있는 '격리병동 입원 생활 안내서' 읽어두시고요."

간호사는 손소독제를 손에 짜서 열심히 비비고는 문을 열고 나갔다.

격리병동 입원 안내서

• 출입제한
- 감염 예방을 위해 병실 밖 이동은 절대 금지

• 응급상황/문의/요청사항 발생 시
- 입실한 의료진 혹은 담당 간호사에 문의할 것
- 호출기 사용할 것
- 본인 핸드폰 사용할 것

• 정규 입실 시간(최소 4회 이상)
- 오전 6시

- 오전 7시 30분
- 오후 12시
- 오후 5시 30분

접촉 주의

• 코호트 격리(동일 질환 환자끼리 같은 병실 내 입원하여 진료하는 것을 의미) 시
- 병실 내에서도 마스크 상시 착용
- 다른 환자와 접촉 금지
- 본인 침상, 화장실 손잡이, TV 리모컨 이외에는 만지지 말 것
- 접촉한 경우, 알코올 티슈로 닦을 것

• 손 씻기
- 감염 예방을 위해 비치된 손소독제와 손세정제를 이용하여 수시로 손 씻기를 시행할 것

• 소지품
- 개인 물품만 사용할 것
- 자가 복용약은 담당 간호사에게 알려줄 것
- 퇴원 시, 병실 반입 물품은 퇴원 시 반출이 불가능
- 전자기기의 경우 반출이 가능하나, 락스 희석액으로 소독 후 반출 가능

• 폐기물

- 입원 기간 중 발생하는 모든 쓰레기는 지정 폐기물 통에 버릴 것
- 폐기물 만진 후, 손 씻기 수행

• 안전사고 예방

- 침대 난간은 상시 올려 낙상 예방
- 침대 바퀴는 상시 고정
- 시설 내 전체 금연

• 식사

- 질병 치료를 위한 병원식을 원칙으로 함
- 식사시간
- 아침: 오전 7시 30분
- 점심: 오후 12시
- 저녁: 오후 5시 30분

• CCTV

- 상태 관찰 및 안전을 위해 24시간 CCTV 설치 및 녹화 중

• 면회

- 감염 예방을 위해 보호자 면회 제한
- 일체의 외부 간식, 화분, 생화 등의 반입을 금지

• 다인실 병실 사용 안내

- 코로나바이러스 환자는 같은 확진 환자끼리 다인실 병실로 배정 받을 수 있음

음압병실

• 정의

- 음압이란 양압의 반대로 내부의 기압이 외부보다 낮음을 의미
- 공기는 고기압에서 저기압으로 흐르는 성질이 있음
- 음압병실은 병실 내부를 음압으로 유지함으로써
- 병원 내 공기의 외부 배출을 방지
- 병원체의 외부 유출을 예방할 수 있음
- 병실 내 공기는 HEPA 필터가 설치된 별도의 배기시설을 통해 세균과 바이러스를 여과하여 배출

• 유의사항

- 별도의 조작은 금지되어 있음
- 소음이 있을 수 있으며,
- 이를 위해 귀마개가 필요할 경우 간호사실로 문의할 것

*병원마다 차이가 있을 부분들은 일부 배제하여 작성하였다.

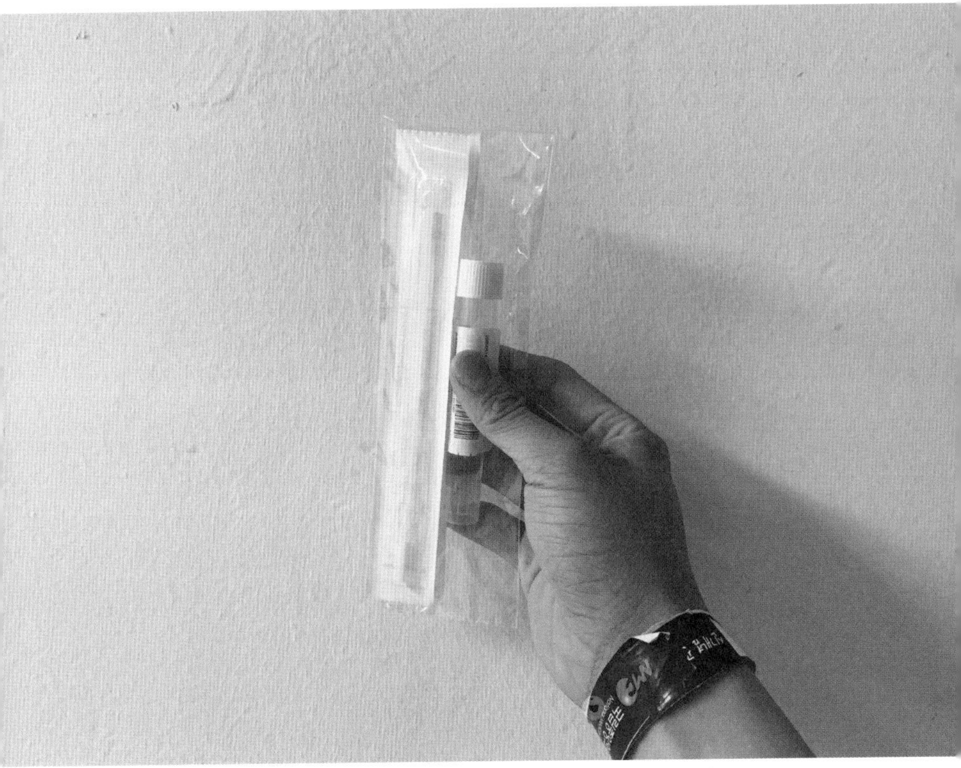

파블로프의 개 실험은 코로나 시대에도 완벽하게 들어맞았다.
코로나 검사 키트를 보는 것만으로도 콧속이 쓰라린 느낌이다.

가이드를 덮어 서랍에 넣은 후 읽은 내용을 복기하고 있으니 의사 선생님이 들어오셨다.

"안녕하세요? 몸은 좀 괜찮으세요? 우선 입원하셨기 때문에 코로나 검사 진행할 거고요. 내일 주치의 선생님께서 오셔서 병원 생활에 필요한 내용도 안내해주실 거예요."

의사는 말이 끝나기가 무섭게 지퍼백에서 검사를 위한 면봉을 꺼내 공격 태세(?)를 갖췄다. 나는 순순히 턱을 들었다. 검사는 빠르게 이루어졌다. 콧속으로 들어온 면봉은 순식간에 목 뒤까지 내려갔다가 올라왔다. 이어서 '하기도 검사'라며 가래침을 뱉으라고 했다. 처음에는 무슨 검사인지 몰랐으나 몇 번의 검사 이후 의사 선생님과 간호사 선생님께 관련 규정을 물어 확인할 수 있었다.

입원 중 반복되는 코로나 검사

실제 코로나 양성 확진 이후부터는 상기도 검사와 하기도 검사가 동시에 이루어진다. 면봉(스왑)을 이용하여 콧속과 입안에서 검체를 채취하는 검사를 상기도 검사, 가래침을 뱉어 실시하는 검사를 하기도 검사라고 한다. 입원 초기에는 주 2~3회 정도 꾸준히 진행했다. 처음 보건소에서 코로나 확진 여부를 검사하기 위한 건 상기도 검사였고, 입원한 후에는 두 가지 검사를 진행한다.

코로나바이러스 완치 및 퇴원(검사 기준) 규정에 따르면 상기도와 하기도 두 가지의 검사를 동시에 진행해 결과 수치가 40을 넘어야 음성으로 판정되며, 2회 연속으로 음성이 나와야 퇴원할 수 있다.

이 검사의 맹점 중 하나가 증상이 없거나 전파력이 없는데도 검사를 시행하면 체내의 바이러스 사체가 검출돼 양성으로 판정되는 경우가 많아 장기 입원하는 환자들이 속출하고 있다는 것이었다. 나도 그런 케이스 중 하나였다.

그러던 중 6월 25일 기준 질병관리청은 완화된 새로운 퇴원 및 격리 해제 기준을 발표했다. 10일간 증상이 없으면 검사 없이 퇴원하도록 한 것인데, 나도 입원이 장기화되던 중 새로운 기준 덕에 퇴원할 수 있었다.

뜻밖의 심리검사

코로나 검사를 마친 뒤, 간호사 선생님이 설문지 같은 걸 주셨다. 첫 장에는 'COVID-19 입원환자 심리검사'라고 쓰여 있었다. 앞선 코로나 양성 판정 환자들 중 심리가 불안정했던 사람들이 있었나 보다. 혹시 모를 만에 하나의 상황을 위해 심리검사도 이루어지는 것 같았다.

이 부분까지 신경 써줄 것이라고는 생각하지 못했다. 찬찬히 한 문항, 한 문항 곱씹으며 내 기분과 느낌을 답해나갔다. 불안까지는 아니었지만 꽤 복잡하던 생각이 정리되는 기분이었다. 하나 확실했던 건, 난 자살할 확률이 거의 없다는 것이었다.

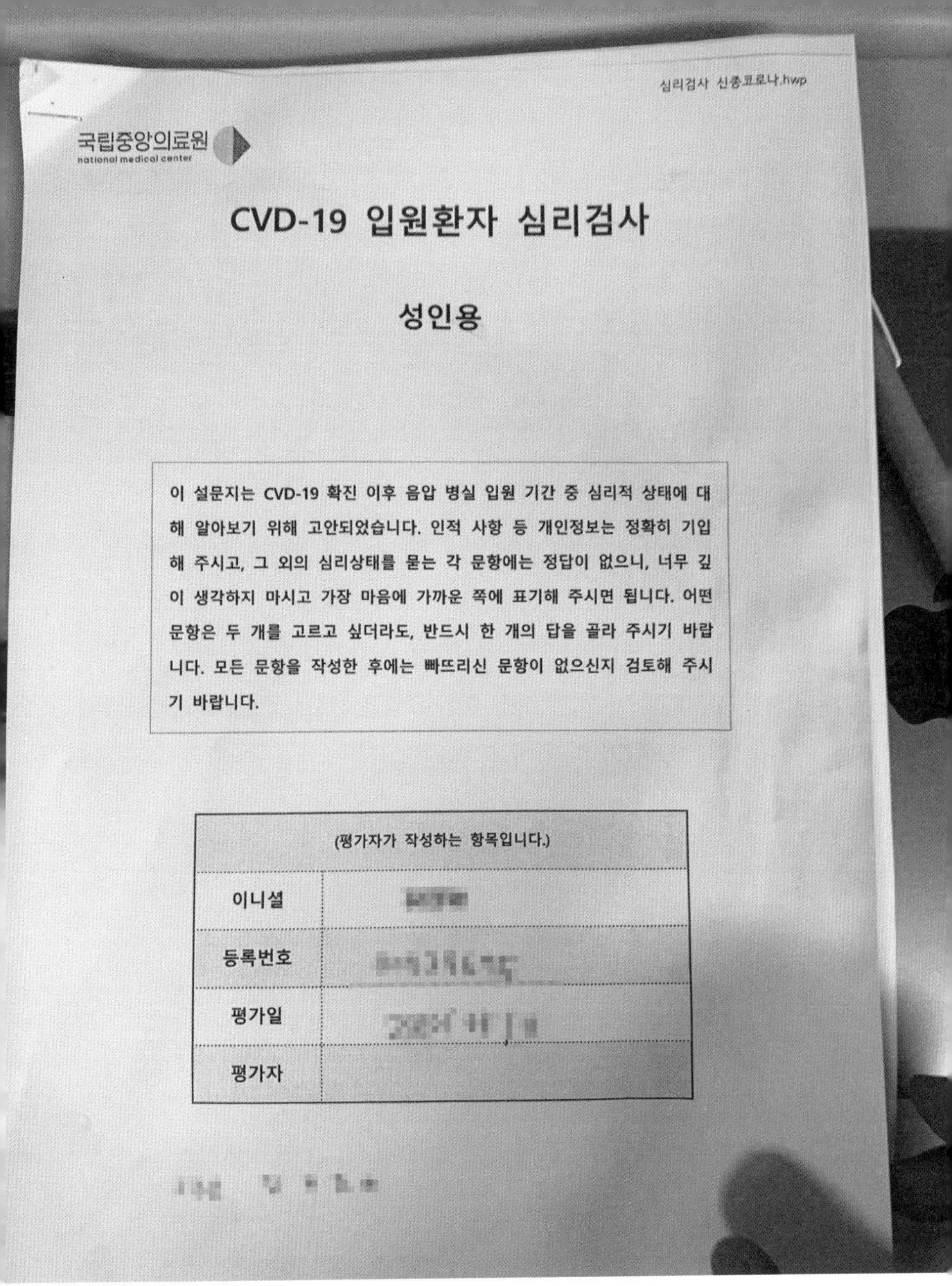
심리검사 신종코로나.hwp

국립중앙의료원
national medical center

CVD-19 입원환자 심리검사

성인용

이 설문지는 CVD-19 확진 이후 음압 병실 입원 기간 중 심리적 상태에 대해 알아보기 위해 고안되었습니다. 인적 사항 등 개인정보는 정확히 기입해 주시고, 그 외의 심리상태를 묻는 각 문항에는 정답이 없으니, 너무 깊이 생각하지 마시고 가장 마음에 가까운 쪽에 표기해 주시면 됩니다. 어떤 문항은 두 개를 고르고 싶더라도, 반드시 한 개의 답을 골라 주시기 바랍니다. 모든 문항을 작성한 후에는 빠뜨리신 문항이 없으신지 검토해 주시기 바랍니다.

(평가자가 작성하는 항목입니다.)	
이니셜	
등록번호	
평가일	
평가자	

코로나에 걸렸지만 그렇다고 인생을 포기하고 싶은 생각이 들지는 않았다. 하지만 누군가에게는 큰 충격이었을 것이다.

완료한 설문지를 간호사 선생님께 드리자, 간호사는 스마트폰으로 사진을 찍어 의사 선생님께 보내는 듯했다.

식사, 그리고 잠들 수 없던 밤

입원하기가 무섭게 코로나 증상이 눈에 띄게 발현되기 시작했다. 저녁 6시가 좀 안 되었을 즈음, 노크를 하고 들어오신 간호사 선생님의 손에는 흰 봉투가 들려 있었다. 그 안에는 일회용 도시락이 담겨 있었다. 며칠에 걸쳐 겪을 일을 하루, 아니 반나절에 겪은 데다 아침에 무슨 정신으로 시켰는지 모를 떡볶이를 먹은 이후 저녁 6시까지 아무것도 먹지 못했다는 사실을 깨닫자 허기가 몰려왔다. 게다가 긴장이 조금씩 풀리는지 뱃속에서는 멈출 줄 모르고 계속해서 꼬르륵 소리가 났다. 도시락을 순식간에 해치웠다. 허겁지겁 식사를 마친 후 정리하고 다시 침대에 누웠다.

그런데 계속해서 열이 더 오르는 게 느껴졌다. 체온계를 꺼내 체온을 쟀다. 38.5도. 입원 후부터 체온을 측정할 때마다 계속 오르고 있었고 오르락내리락을 반복하며 끝내는 38.5도를 찍었다. 평소 나는 '죽는 병이 아니면 약은 최대한 늦게, 최소한으로 먹자'는 투병철학(?)을 갖고 있었고, 더 상황이 안 좋아질 수도

밤이 깊어지면 어둠과 함께 두려움도 찾아온다. 병실 안을 채우는 음압기의 소리는 두려움을 더욱 증폭시킨다.

있겠다 싶어 간호사 선생님이 안내해주신 대로 우선 아이스팩을 겨드랑이에 꼈다.

목에서는 점점 가래가 끓는 게 느껴졌고, 목 안이 따끔따끔 아파오기 시작했다. 예전에 침이 그 어떤 진통제보다 낫다는 기사를 읽은 것이 기억났다. 침이라도 삼켜보려 애를 써봤지만, 열이 올라 입이 말라버린 탓에 침을 삼키려 할수록 입안이 쓰게 느껴질 뿐이었다.

시간이 지날수록 증상이 점점 심해졌다. 급기야 이제는 열이 오를수록 침대에 닿은 부위의 근육까지 아파오기 시작했다. 왼쪽으로 누우면 얼마 되지 않아 왼쪽으로 통증이 느껴졌고, 오른쪽으로 돌아누우면 그쪽으로 근육통이 오기 시작했다. 그렇게 엎치락뒤치락하기를 한 시간을 하다 더 이상 안 되겠다 싶어 간호사실로 전화했다.

현재 상황을 설명해드리고 어떤 조치를 받을 수 있는지 물어보니 해열제를 줄 수 있다고 했다. 곰곰이 생각해봤다. 오늘이 첫날인데, 이 속도라면 여기서 더 심해질 수도 있을 것 같았다. 우선 참아보겠다고 말하고 전화를 끊었다. 양 겨드랑이에 아이스팩을 끼고 더 버텨보기로 했다. 하지만 고열과 근육통과 인후통으로 계속 잠을 뒤척였고, 잠들기 전 그날 마지막으로 확인한 시간이 새벽 2시 반이었다. 그렇게 간신히 잠이 들었다.

코로나는 방심한 틈을 놓치지 않았다

다음 날 입원 후 맞이한 첫 아침. 아침 7시 즈음, 병실 문이 열리는 소리에 놀라 잠에서 깼다. 간호사는 침대의 테이블을 올리고는 흰색 봉투에 들은 식사를 내려놓았다. 그러고는 "혈압이랑 체온 좀 잴게요"라고 말하며 하나하나 측정하기 시작했다. 이것저것 확인하고는 방 한구석에 위치한 컴퓨터에 방금 측정한 것들을 기록했다.

그리고 어젯밤부터 아침 동안 대변을 보았는지, 정상변이었는지도 확인했다. 코로나 양성 판정을 받기 전 코로나 증상 중에 설사가 있을 수 있다는 내용을 WHO(World Health Organization) 홈페이지에서 본 기억이 있어 당황하지 않고 답변할 수 있었다. 간호사는 모든 기록을 마친 후 장갑을 낀 손에 손소독제를 짜서 구석구석 소독하고 방을 나섰다. 나는 새벽 2시가 넘어서 간신히 잠에 들었던 터라 비몽사몽해 다시 잠이 들었다.

두 시간쯤 지나자 또다시 문이 열리는 소리가 나 잠에서 깼다. 이번에는 두 분의 선생님이 내 침대 옆에 계셨다. 선생님은 불편하거나 아픈 데는 없는지 이것저것 물어보셨다. 아픈 데와 불편한 곳을 차례대로 말씀드리고 답변을 들어보니, 다행히 나는 경증에 가까운 편이었다. 벌써부터 열이랑 인후통에 시달리는데, 이게 경증이면 대체 중증은 어떨지 감이 잡히지 않았다. 무언가 더 불편해지면 말해달라는 말과 함께 선생님은 조심스레 서류 하나를 보여주셨다.

코로나바이러스 양성 판정을 받아 입원한 환자들의 데이터와 검체를 연구에 활용한다는 데 동의한다는 내용의 서류였다. 선생님이 설명을 끝내기도 전에 "이렇게라도 인류에 도움이 될 수 있다면 기꺼이 해야죠"라며 동의서를 작성했다. 그러자 선생님은 기다렸다는 듯 혈액 샘플을 무려 다섯 개나 뽑아갔다.

친구가 감염됐을 거라고는 생각하지 못했다

할머니의 장례를 치른 지 얼마 되지 않았던 연휴의 저녁, 일산까지 할머니의 장례식에 찾아와준 친구들과 못 왔지만 마음으로 함께해준 친구들에게 답례 식사 자리를 가졌다. 코로나가 잠잠하던 시기였고, 마침 사회적 거리두기 단계에서 일상 속 방역 단계로 경계 수준도 어느 정도 낮아진 터였다. 당시에는 클럽과 카페, 바도 정상 영업을 하고, 사람들도 마스크를 쓰는 둥 마는 둥 했다. 그러다 보니 마스크를 잘 쓰고 손도 잘 소독하면 친구들과 식사 자리를 가지는 게 크게 문제가 될 것 같지 않았다.

여섯 명 정도 모인 식사 자리에 우리는 언제나처럼 쓰고 온 마스크를 벗고 이야기를 나눴다. 친구들은 우리 할머니와 장례에 대해 물었고, 나는 할머니에 대한 크고 작은 이야기들을 들려줬다. 오랜만에 함께 모인 친구들과 서로의 근황, 위로를 나눈 따뜻한 자리였다. 느지막하게 식사가 끝나고 우리는 식당을 나서면서 마스크를 꺼내어 쓰고는 남은 연휴를 잘 보내라고 인사를 나누고 헤어졌다. 늦게까지 자리를 옮겨가며 놀았던 것도 아니고 가벼운 식사 자리였기에 전염병과는 거리가 먼 시간이었다고 생각했다. 게다가 그 자리에 온 친구 중 하나가 코로나에 감염됐을 줄은 상상도 못 했다.

그리고 이틀 뒤, 그 식사 자리에 온 친구에게 밤늦게 카톡이 왔다.

"지호야, 혹시 자니?"

'지호야'라니. 내 이름 두 글자로 날 이렇게 조심스럽고 다정하게 부를 리가 없는데 싶은 생각에 갑자기 불길한 느낌이 들었다. 친구에게 바로 전화를 걸었다. 친구는 개미만 한 목소리로 나에게 말했다.

"지호야 미안한데, 나 코로나 양성인 것 같아. 오늘 검사하고 왔는데 지금 열도 나고 목도 아픈 거 보니 맞는 것 같아. 친구가 양성으로 분류돼서 내가 밀접 접촉자로 분류됐거든. 근데 너도 밀접 접촉자로 분류될 것 같은데, 미리 보건소나 병원에 가서 검사를 받아보는 게 좋을 것 같아."

침을 삼켜보았다. 손을 이마에 올려보았다. 열도, 인후통도 없었다. 그러다 불현듯 식사 자리에서 내 대각선에 그 친구가 앉아 있던 것이 생각났다. '아차' 싶었다. 이내 '에이, 설마' 하며 고개를 가로저었는데, 수화기 너머로 들려오는 친구의 목소리에서 떨림이 느껴졌다. 친구에게 "야, 너 시국이 이런데, 장난치냐?"라며 맞받아치고 싶었다. 그러기엔 친구의 목소리에서 장난기라고는 조금도 느껴지지 않았다. 침대 위에 누워 있다가 벌떡 일어나서 책상에 앉았다. 갑자기 덜컥 겁이 나기 시작했다. 어쩌면 앞으로 큰일이 벌어질지도 모른다는 불안한 생각이 온몸을 쥐락펴락하는 듯했다. 수화기를 잠시 귀와 입에서 뗀 채로 심호흡을 하며 숨을 골랐다. '최대한 멀쩡한 척을 해야 해'라고 애써 최면을 걸었다. 그리고 친구에게 대답했다.

"아… 알겠어! 괜찮겠지 뭐. 넌 괜찮은 거지? 다른 애들이랑은 연락했어?"

"아니 너한테 먼저 했어."

"아, 그래 잘했어. 우선 다른 애들한테도 검사 받으라고 연락해주고, 걱정 말고 무슨 일 있으면 카톡하고. 너무 걱정 마."

"응, 정말 미안해."

전화를 끊었다.

머릿속이 복잡해졌다. 대체 뭐부터 해야 하지? 스마트폰으로 검색해봐야 했다. 그런데 도통 무슨 키워드로 검색해야 할지 몰랐다. 한동안 버퍼링에 키보드를 멍하니 바라보다가 뭐든 검사가 먼저지 싶어서 강남구 홈페이지로 들어가 이것저것을 클릭해보니 강남구 보건소 연락처가 보여 전화를 걸었다. 밤 10시쯤 되었던 것 같다.

"안녕하세요. 친구가 코로나 밀접 접촉자로 분류되어서 제게 검사를 받아보라고 하는데요."

"혹시 역학조사관에게 연락을 받으신 건가요?"

"아, 그건 아니고요. 친구한테 받았어요."

"그러면 연락이 오면 검사 받으러 오시고요, 아니면 자비로 진행하셔야 해요."

자비로 하라니, 그건 또 왠지 아까워서 "알겠습니다" 하고 전화를 끊었다. 그래도 뭔가 찝찝했다. 불안감이 가시지 않았다. 그러다 우선 자가격리라도 해야겠다 싶어 본부장에게 전화를 걸까 했는데 이미 시간이 12시가 가까워져서 다음 날 아침에 전화를 걸기로 했다.

평소 10시는 되어야 눈을 뜨는 내가 그날따라 아침 9시부터 눈이 떠졌다. 일어나자마자 곧바로 본부장에게 전화를 걸었다.

"좋은 아침이신가요? 다름이 아니라 제 친구가 코로나 양성 판정을 받을 것 같은데, 저도 밀첩 접촉자로 분류될 것 같다며 검사를 받아보라고 하더라고요. 아직 그 친구가 양성 판정을 받은 건 아닌데, 혹시 모르니까 저도 재택근무를 하는 게 좋을 것 같아요."

"음, 그래? 알겠어. 진행 상황 알려줘."

"네, 확인되는 대로 공유 드릴게요."

전화를 끊고 친구에게 전화를 걸었다. 통화 중이었다. 30분쯤 지나 또 전화를 걸었으나 역시나 통화 중이었다. 불안한 마음이 더 커지기 시작했다. 그리고 얼마 지나지 않아 친구에게서 메시지가 왔다.

"역학조사 중. 양성 판정 받았어. 연락할게."

귓속에서 '삐' 하는 소리가 들리더니, 심장이 쿵쾅쿵쾅 뛰기 시작했다. 나도 모르게 입 밖으로 욕이 튀어나왔다.

"아, X됐다."

손이 벌벌 떨렸지만 답장부터 해야겠다는 생각에 "알겠어"라고 답한 뒤 황급히 강남구 보건소로 전화했다. 통화 중이었다. 또 걸었다. 또 통화 중이었다. 받을 때까지 전화를 했다. 수도 없이 전화를 해서 마침내 연결되었다.

"안녕하세요. 제 친구가 양성 판정을 받았다는데요. 제가 같이 밥을 먹었거든요. 검사 받으러 갈 수 있나요?"

"역학조사관한테 연락을 받으신 건가요? 만약 그게 아니라면 자비로 검사 받으셔야 하고, 양성이면 검사비를 환불해드립니다."

아, 장난하나…. 마음속으로 몇 번이나 험한 말을 뱉었는지 모르겠다. 그때 통화하는 순간만큼은 코로나가 인류의 생존을 위협하는 경고가 아닌 인류의 더러운 인격에 보내는 경고가 아닐까 싶었다. 간신히 알겠다고만 말하고 끊었다.

우선은 집 밖에 나가지 않기로 했다. 혹시 모르는 일이니까. 최소한만, 불가피할 때만 나가기로 마음먹었다. 식사는 배달로 시켜 먹고, 룸메이트와도 최대한 멀리했다. 본부장에게 전화를 걸어 친구의 양성 판정 소식을 전하며 역학조사관의 연락을 기다리고 있다고 말했다. 그리고 사흘 뒤, 역학조사관의 전화를 받고 검사를 받으러 갔다. 그다음 날 일요일 아침, 나는 양성 판정

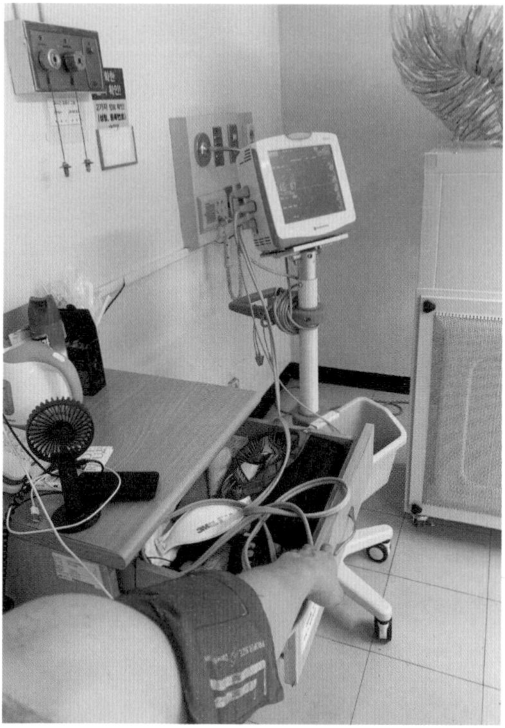

하루 세 번, 단 한 번도 빼먹지 않고 측정했던 혈압과 혈중 산소포화도. 손가락에 낀 팁을 뺄 때면 드라마에서나 듣던 '삐' 소리가 들린다. 그때마다 이게 현실이구나 싶어 괜한 헛웃음이 나왔다.

을 받고 구급차에 실려 갔다.

나는 친구가 코로나에 걸렸을 것이라고는 생각도 못 했다. 친구조차 자신이 코로나에 걸렸을 것이라고는 생각하지 못했을 것이다. 그걸 알았다면 집에 있거나 검사를 받거나 했을 것이다.

널 원망하려는 게 아니야

양성 판정부터 구청 담당자, 역학조사관들과의 통화, 입원, 가족과 친구 그리고 회사와의 통화까지. 이 모든 것이 순식간에 일어났다. 엄청난 태풍이 휩쓸고 간 느낌이었다. 그러다 불현듯 그 친구가 떠올랐다. 친구가 원망스러웠다. 대체 뭘 어떻게 하고 다녔길래 이 바이러스를 친히 나에게까지 가져다 준 것인가. 지난 며칠 간 일어난 일을 생각하면 친구의 멱살이라도 한 번 잡고 싶은 심정이었다. 친구에게 받았던 문자 메시지를 다시 보았다.

"역학조사 중. 양성 판정 받았어. 연락할게."

"알겠어."

다시 보니 골 때렸다. 이후로 이놈은 나에게 전화 한 통, 아니 문자 한 통도 안 한 것이다. 어이가 없었다. 나는 다른 사람들에게 혹시나 피해가 갔을까 봐 보이지도 않는 곳에서 머리를 조아리며 통화를 하고 있었는데, 이놈은 나한테 머리를 조아리기는

커녕 머리를 뒤로 젖히며 백덤블링이라도 하는 것 같았다. 생각을 하면 할수록 화가 치밀어 올라서 전화를 걸었다.

한참 신호가 가도록 전화를 받지 않다가 마침내 받았다. 속에서 울화가 치밀어 올랐지만 꾹 참고 입을 열었다.

"여보세요?"

"…어, 별일 없지?"

"별일은요. 덕분에 나도 살면서 병원에 입원이란 걸 해봤어."

"…."

"왜 말이 없어? 너 나한테 할 말 없냐?"

"미… 미안해. 그럴려고 그런 건 아니었는데…."

전화 너머의 목소리가 떨리기 시작했다. 그러더니 이내 코를 훌쩍거리기 시작했다.

"뭐야, 왜 처울고 난리야?"

속으로 생각한다는 게 나도 모르게 입 밖으로 튀어나왔다.

"미안. 너한테 연락하려 했는데 무서워서 전화를 못 했어. 다른 애들한테도 무서워서 못 했어. 혹시 다른 애들 소식은 들은 거 있어?"

"아니, 야. 지금 그게 중요한 게 아니잖아요. 네 덕에 내가 이렇게 되었잖아요? 사람 된 도리로 '몸은 괜찮아?', '아픈 데는 없어?'라고 물어보는 게 정상 아닙니까?"

"아… 맞지. 미안해. 몸 아픈 데는 없어?"

"덕분에 고열과 인후통이 생겼습니다. 그리고 하도 회사와 가족에게 머리를 조아리면서 전화했더니 거북목 증후군까지 올 것 같아. …너도 비슷하지?"

"어… 응."

"그건 그렇다 치고, 대체 뭘 하고 다니… 아니, 어딜 갔길래 걸렸냐?"

침묵이 흘렀다. 친구는 말하기를 주저했다. 스마트폰을 쥐고 있던 손에 힘이 들어가 부서질 것처럼 꽉 쥐었다. 반대 손은 주먹을 꽉 쥐고 있었다. 그새를 못 참고 점잖지 못한 말들이 목구멍을 타고 올라와 입 밖으로 뛰쳐나갔다.

"왜? 클럽이라도 가셨나 보지? 아니면 뭐, 리치웨이인가 뭐 다단계라도 갔냐? 어? 아니면 너, 신천지였냐?"

"으… 응."

"응? 어느 포인트에서 '응'인데?"

"클럽에 갔었어. 난 분명 마스크 썼는데…."

"클럽을 가셨어? 아니, 야. 그래 간 건 그렇다 치자. 솔직히 말할게. 나 지금 회사에서 너무 시달리고 있어. 내가 왜 이렇게 시달리나 했더니 이게 다 너 때문인 거야. 솔직히 네가 원망스러워지더라? 문득 내가 만약에 회사 사람한테 옮기거나 내 가족한테 옮겼다면 기분이 어떨까? 그랬더니 네 마음이 이해가 되려 했는데… 클럽에 갔다가 걸렸다고? 아오, 씨…."

"진짜 미안해. 내가 퇴원하면 무릎 꿇고 사과라도 할게, 미안해."

"뭔 무릎을 꿇어? 아 됐어, 사과는 이거면 됐어. 근데 넌 회사랑 가족한테 어떻게 말했어?"

"어렵게 간신히 말했는데, 그다음이 문제였어. 회사는 직접적으로 말은 안 하는데 돌려 돌려서 그만두라는 식으로 계속 말하길래 결국 그만뒀어."

"뭐?"

할 말을 잃었다. 주변의 많은 압박을 견디며 병상에 누워 있었을 친구에게 나는 전화를 걸어서 속상한 말을 퍼부어버렸다. 친구의 상황이 그 정도일 줄은 몰랐다. 내가 지금까지 당한 것을 생각하면 친구가 고열과 근육통으로 고생 좀 했으면 했는데, 회사를 그만두게 됐다니…. 미안한 마음에 뭐라 말을 건네야 할지 몰랐다. '회사에 클럽에 갔다고 이야기를 한 건가? 그래서 잘린 건가?', '지금 내 걱정을 해도 시원치 않은 판국에 내가 지금 저놈 걱정을 왜 하고 있는 거야? 아, 저 불쌍한 놈.' 생각이 꼬리에 꼬리를 물었다. 그리고 말을 이었다.

"아, 모르겠다. 이미 벌어진 일에 네 탓한다고 뭐가 나아지겠어? 빨리 나아서 밖에서 보자. 그땐 제발 네가 먼저 연락 좀 주시길 간절히 기도 드릴게요. 근데 너 고생 좀 하겠다. 다른 애들한테도 통화해야 할 텐데. 통화하면서 무릎 꿇느라 무릎 닳겠네."

"전화해봐야지. 에휴… 너무 미안해."

"됐어. 그 소리는 이제 다른 사람들한테 해. 난 너 원망하려고 전화한 게 아니야. 오해하지 마라. 쉬어라."

"응, 미안해. 잘 자."

통화가 끝나고 나서 한동안 멍하니 앉아 있었다. 몇 시간이 지나 울리는 전화. 그놈이었다.

"왜? 다른 애들 중에 입원한 애 있대?"

"야… 그게 말이야… 너만 걸렸어."

정신이 번뜩 들었다. 같은 공간에서 같이 마스크를 벗고 밥을 먹었는데 나만 걸렸다고? 여섯 명이 모인 자리에 걸린 이놈 빼고, 다섯 명 중에 나만 걸렸다고? 뭐, 이런, 이딴 경우가 다 있지? 어이가 없어서 말문이 막혔다. 그러다 얼마 지나지 않아 헛웃음까지 나왔다. 친구에게 "야, 무슨 로또라도 당첨된 기분이네"라고 말하고는 "허허허" 하고 웃다가 친구가 또 미안하단 말을 꺼내려 하기에 "내가 콧구멍이 커서 네 바이러스를 다 빨아들였나? 시간 늦었어. 잠이나 자"라고 말하고 전화를 끊었다. 침대에서 내려와 슬리퍼를 신고 접이식문을 열고는 방 불을 껐다. 다시 침대에 누워 방전 직전인 스마트폰을 충전기에 꽂고 눈을 감고 생각에 잠겼다.

지난 1월 상하이를 여행하던 중, 우연히 우한 출신의 친구가 자신의 고향인 우한 지역에 폐렴과 비슷한 정체 모를 바이러스가 돌고 있다는 이야기를 했다. 내가 "야, 너 우한 사람이라며? 나 걱정 안 해도 되는 거지?"라고 농담을 하니 그 친구는 우한을 떠나온 지 벌써 몇 해가 되었다고 대답했다. 그러고는 '상하이는 아직 괜찮긴 한데, 곧 괜찮지 않을지도 모른다'는 불길한 이야기를 했다. 한국에 돌아오자마자 '혹시 그게 한국까지 번질지 누가 아나, 중동에서 온 메르스도 있었는데'라고 생각하며 마스크를 알아보기 시작했다. 평소 면역력이 좋지 않아 이런 소문을 들으면 반사 신경이 반응하듯 방어 태세를 준비하는 것이 버릇이 되었다. 2월에 200장이 넘는 KF94 마스크를 쟁여놓고는 가족들에게도 가능한 한 쓰고 다니라고 신신당부했다.

하지만 결과는 이렇다. 이걸 뭐라고 설명할 수 있을까? 내가 얼마나 걱정하고, 조심하고, 또 경계했는지를 구구절절 늘어놓으면 설명이 될까? 어떻게 하면 논리적으로 납득시킬 수 있을지 수없이 스스로에게 설명해봤다. 하지만 나만 결과가 이렇다. 이건, 그냥 내 운이 좋지 않았던 것이다.

내가 코로나 양성 판정을 받은 시기에 이태원 클럽발 확산이 있었고, 얼마 지나지 않아 역학조사 단계에서 거짓말을 한 학원 강사도 있었다. 그럴 리 없을 것이라고 믿고 싶지만, 고의로 바이러스를 옮기려 했던 사람은 없었을 것이다. 잘못을 했든 안 했든 바이러스에 걸린 사람들의 이야기를 들여다보면 백이면 백 누구도 걸리고 싶어서 걸린 사람은 없었다.

운이 나빴던 거라고 생각할 수밖에…

그럼에도 여전히 손가락은 나에게, 확진자에게, 우리에게 향한다. 자신도 걸릴까 봐 무서워하는 사람들은 '두려움'이라는 이름으로 모든 죄를 병마와 싸우고 있는 확진자들에게 씌운다. 아픔과 두려움에 떨고 있는 확진자는 자신이 소속된 곳의 구성원들에 의해 이해할 수 없는 문책과 비난을 당한다. 심하게는 회사와 사회에서 매도 당하기까지 한다. 아무리 법과 제도적으로 확진자들을 보호하려 해도, 법이 닿기 힘든 곳에서 발생하는 구조적 사각지대까지 다 커버할 수는 없을 것이다.

이태원 클럽발 확산이 문제가 됐을 때도 사람들은 66번 확진자가 어디서 어떻게 걸려왔는지 원인을 찾는 게 아니라 그의 신상을 찾아 사회에서 매장시키기 바빴다. 그렇게 한 사람이 매장되는 것을 보고 겁에 질린 인천 학원 강사는 자신도 그렇게 될까 봐 역학조사관에게 거짓으로 말했을 것이다. 나조차도 회사에 보고해야 할 때, 어떤 원성을 들을지 걱정되고 무서웠다. 내가 선제적으로 조치를 취해 피해가 없어 보였지만, 그건 내 생각이지 다른 이들은 그렇게 생각하지 않을 것을 이미 알고 있었다. 내가 처음 양성 판정을 받았다는 소식을 전했을 때, 글자와 전화 통화로 전달되는 주변의 시선과 원망에 이루 말할 수 없는 죄책감을 느꼈다. 그런 의미에서 거짓말을 했던 인천 학원 강사의 잘못된 선택이 조금은 이해가 되기도 했다.

이태원 클럽발 감염은 우리 사회에 의미 있는 몇 가지 교훈을 주었다. 한국의 방역 체계는 지난 메르스와 신종플루를 기점으로 꽤나 성숙해진 것으로 보였다. 지난 경험을 확실히 학습하고 체화한 정부는 바이러스의 확산 초기부터 빠르고 정확한 방역과 치료를 위해 3T(Test(검사)-Trace(추적)-Treatment(치료))를 강조했다. 지금 보면 너무나도 당연한 것이라고 생각되지만, 이는 사실 엄청난 노력과 희생을 필요로 한다. 특히 감염지로 인한 추가적인 감염 확산을 막고, 혹시라도 있을 마지막 단 하나의 피감염인을 발견하고 치료하기 위해 확진자의 동선을 끈질기게 추적했다(내가 직접 경험해봐서 안다. 몇 시간 동안 전화로 세세하게 물어봐서 지칠 정도였다). 그리고 추적의 결과들을 투명하게 공개했다.

커튼이 없던 방에는 하루 종일 햇빛이 쏟아졌다.
햇빛은 에어컨도, 선풍기도 없는 이 방에 눈치 없이
자신을 뽐내듯 들어왔고, 덕분에 나는 열과 땀을 뿜어냈다.

특히 결과를 투명하게 공개함으로써 많은 국민들이 자신이 확진자와 접촉한 것이 아닐까 하는 막연한 염려와 불안의 늪에서 벗어날 수 있게 되었고, 효과적인 방역을 위한 정부와의 두터운 신뢰를 쌓을 수 있게 되었다. 그런 의미에서 정부의 방역 정책과 정책의 실행과정에서 투명성이 얼마나 중요한 것인지 온 국민이 제대로 인식하게 되었다.

하지만 동시에 이태원 클럽발 감염을 기점으로 적극적인 신상정보 공개가 가져올 수 있는 역효과를 똑똑히 보았다. 한 개인이 두려움 해소의 대상으로 전락하고, 개인의 인권은 다수에 의해 짓밟히기도 했다. 이를 '단독'이라는 타이틀을 붙여 최초 보도한 기독교 성향의 한 신문사 기자는 해당 사건에 대해 특정 성적 지향성을 강조하여 기사를 써 내려갔다. 덕분에 이태원 클럽발 감염의 최초 확산자로 보이던 66번 확진자는 엄청난 뭇매를 맞아야 했다.

게다가 해당 감염인과 직·간접적으로 접촉했을 것으로 예상되던 이들도 확진자 66번이 당한 수모를 본인 역시 당할까 봐 두려워 모두 수면 아래로 숨어버리는 역효과가 발생했다. 이로 인해 방역에 난항이 예상되자 방역당국은 재빠르게 태도를 바꿔 검사 대상의 적극적 확대와 검사의 익명성 보장이라는 카드를 꺼내들었다. 그리고 어느 때보다 강력하게 호소했고, 동시에

휴대전화의 기지국 접속 기록과 신용카드 사용 내역을 활용하는 등 쓸 수 있는 모든 방법을 동원했다. 덕분에 빠른 시간 안에 사건이 진정 국면에 들어가는 듯했지만, 자신의 신상이 퍼져나갈 것을 두려워하던 한 학원 강사는 자신의 동선을 거짓으로 진술했다. 그 여파는 실로 어마어마했다.

적극적인 신상정보 공개가 특정 개인의 마녀사냥으로 이어지는 모습은 우리 사회의 개인에 대한 낙인찍기가 얼마나 만연한지를 피부로 느끼게 해줬다. 하지만 동시에 개인이 자신의 위기를 모면하기 위해 내던진 순간의 거짓말로 얼마나 수많은 이들의 일상이 무너져내릴 수 있는지도 여실히 보여주었다.

확진자가 동선 추적을 마친 뒤 입원까지 마쳤다면 그에게는 '완치'가 어떤 것보다 최우선이 되어야 한다. 하지만 현실은 그렇지 못하다. 병상 위에서 바이러스와 사투를 벌이는 환자는 자신의 사회적 안위와 일자리, 사회적 평판에 대한 두려움에 떨고 있다. 병원 밖에서는 자신들을 불안하게 만든 것에 대한 마녀사냥과 손가락질이 자행되고 있다. 과연 나 같은 확진자가 힘든 시기를 지나 일상으로 복귀할 때, 걱정 없이 돌아갈 곳이 있을까?

달을 봐야 하는 상황에서 달에 대해 잘 알지 못하는 이들이 달을 제대로 보기는커녕 '달을 가리키는 손가락'이 검지인지, 중

지인지, 약지인지 따위나 따지고 있다. 정말 중요한 것에는 관심이 없고 그저 손가락질하며 그 사람을 갈기갈기 찢어놓기 바쁘다. 단지 두렵다는 이유로 말이다.

하지만 정말 물어보고 싶었다. 그 순간 정말 두려운 사람은 누구일까? 확진자의 동선을 보면서 자신의 안위를 걱정하는 사람들일까? 병상에서 백신도 약도 없는 바이러스에 걸려 고열에, 기침에, 근육통에, 인후통에 시달리면서 어떻게 일상에 복귀할 수 있을지 걱정하는 코로나 확진자들일까?

우리가 아픈 이유는 의학적 역학관계를 따져 잘잘못을 가릴 수 있는 성질의 것이 아니다. 운이 나빴던 내 친구는 바이러스에 감염됐다는 걸 모른 채로 식사 자리에 나타났다. 친구는 나와 다른 친구들에게 바이러스를 옮길 의도가 전혀 없었다. 그저 친구들은 운이 좋았는지 걸리지 않았고, 나는 운이 억세게 좋지 않았는지 그 망할 바이러스에 걸려버렸다.

내가, 우리가 아픈 건 운이 나빴기 때문이다. 아니 나 하나쯤 괜찮을 거라고 방심했기 때문이다. 서로를 배려하시 않았기 때문이다. 어쩌면 확진자 개인 신상에 낙인을 찍고 손가락질하기 바빴기 때문이다. 공동체를 위한 배려와 양보의 마음보다 자신의 자유와 이익을 우선했기 때문이다.

가족들의 자가격리

나는 20대 중반에 독립했다. 어려서부터 독립적인 편이기도 했지만, 내가 하는 일이나 일상을 간섭받기 싫어하는 성격 탓에 독립해서 나와 살고 있다. 독립에 대해 부모님께 이야기를 꺼냈을 때, 부모님은 특별한 이유 없이 독립하려는 나를 이해하기 힘들어하셨지만 차츰 시간이 지나면서 그 마음을 알아주셨다. 가족들과 따로 살다 보니 기념일이나 특별한 날이 있으면 미리 약속을 정해서 가족끼리 모여 식사를 함께한다. 하지만 이것이 우리 가족을 자가격리로까지 이끌 것이라고는 생각하지 못했다.

어버이날, 가족과의 식사

이번 어버이날은 본가 근처의 고깃집에서 식사를 하기로 했다. 하지만 어버이날 이틀 전 친구의 코로나 양성 판정 소식을 듣고 나는 '자발적 자가격리'에 들어갔다. 부모님께는 괜한 걱정을 끼치는 것 같아 말씀을 드리지 못했기 때문에 식사를 약속한 날 어떻게 해야 할지 고민에 휩싸였다. 불과 얼마 전 엄마에게는 할머니를 떠나보낸 너무나도 큰 슬픔이 있었다. 그냥 넘어갈 수는 없었다. 고민 끝에 가족을 만나러 가기로 했다. 대신 나름의 자구책으로 마스크를 쓰고 철저하게 위생을 지키며 식사 자리를 함께해야겠다고 생각했다. 가방에는 KF94 마스크 여분까지 챙기고, 손소독제를 주머니에 찔러 넣고 집을 나섰다.

부랴부랴 서둘러서 버스에 올라타고 자리에 앉아 얼마나 걸리는지 지도 앱을 켜서 보는데 바깥 풍경이 평소와 다른 느낌이었다. 다른 번호의 버스를 탄 것이었다. 서둘러 내린 버스 정류장에서 식당까지는 걸어서 10분 거리니 재빨리 가면 약속에 늦지 않을 것 같았다. 열심히 걸어가고 있는데 때마침 빗방울이 흩날리기 시작했다. 괜히 불안한 마음이 들었다. 우산이 없어서 택시를 타려 했지만 길이 막혀 걷는 게 빠를 것 같아 빗속을 열심히 걸어 식당에 도착했다. 다행히 늦지 않았다.

필사적 자기 방역

식당에 도착해 둘러보니 부모님과 동생이 식당 한편에 앉아 있었다. 마치 코로나는 이 세상에 존재하지 않는 것처럼 식당은 사람들로 북적이고 있었다. 나는 가족이 앉은 자리로 향했다. 가방을 내려놓고 의자에 앉아 손소독제로 열심히 소독했다. 마스크는 잘 썼는지 재차 확인했다. 엄마는 이 모습을 보시더니, "아니 왜? 마스크를 벗지? 답답하지 않아?"라고 물으셨다. "음, 좀 불안해서요. 먹을 때 벗을게요"라고 대답했다. 엄마는 마치 웬 극성을 부리냐는 듯한 표정으로 바라보셨지만, 나는 못 본 척하고 고기를 굽기 시작했다.

화젯거리는 며칠 전 떠나보낸 할머니에 대한 이야기부터 시작되었다. 서로 고생했다는 이야기로 시작해서 크고 작은 일화에, 내 회사 이야기와 룸메이트 이야기까지 며칠 사이에 있던 여러 이야기를 나눴다. 하지만 마스크는 절대 턱 밑으로도 내리지 않았다. 고기가 노릇노릇 구워졌을 때, 아빠가 먹어도 될 것 같다는 사인을 주셨다. 그제야 나는 마스크를 턱까지만 조심스레 내리고 고기를 먹기 시작했다. 얼마나 효과가 있는지는 모르겠지만, 이야기를 해야 할 때는 마스크를 입까지 올려서 입을 가리고 말을 했다. 그렇게 마스크를 턱에서 코로 올렸다 내렸다를 반복하니, 이번엔 아빠가 "왜 그러냐?"라고 물으셨다. 결국 "친구 중에 확진자가 나왔는데 그 친구랑 며칠 전에 식사를 해서 불안해서 그래요"라고 답을 하니 조심하라는 말과 함께 내 앞접시에 고기 한 점을 놓아주셨다.

결국 그날 나는 식사도 대화도 최대한 아낄 수밖에 없었다. 그렇게 홀로 첩보전을 벌이듯 식사를 마치고 식당을 나설 때도 손소독제를 짜서 연신 비벼댔다. 부모님은 집에 들렀다 가라고 했지만, "오늘은 좀 피곤해서 먼저 집에 들어가보겠다"라고 하고 집으로 향하는 버스에 올랐다. 다행히 비는 그쳐 있었다.

나의 양성 판정과 함께 시작된 가족들의 자가격리

어버이날 이틀 뒤, 나는 병원에 입원했다. 입원을 준비하며 나는 엄마에게 당시의 상황을 차근차근 설명해드렸다. '우리가 어버이날에 식사를 함께했기 때문에 가족이 밀접 접촉자로 분류되어서 코로나 검사를 받아야 할 것 같고, 검사 이후에는 가족 모두 자가격리를 해야할 것 같다'고 말이다.

입원 후 다음 날 오전, 졸린 눈을 비비며 식사를 하던 중 전화가 울렸다. 엄마였다. 들고 있던 숟가락과 젓가락을 내려놓고 전화를 받았다.

"잘 잤어? 아픈 데는 없고?"

"열이 좀 있고, 다른 데는 크게 아픈 데는 없어요."

"이거 원, 가볼 수도 없고… 우선 크게 아픈 데가 없다니 다행이네. 어제 네가 관할구 보건소로 가라고 해서 관할 보건소에 차 끌고 갔는데, 여기 구에서는 위에서 리스트가 안 내려오면 돈을 내고 검사를 받아야 한다고 하더라고. 좀 비싼 것도 아니고… 그래서 네가 준 강남구 보건소 연락처로 전화를 거니까 그쪽으로 오라고 해서 강남구로 가서 검사 받았어."

우리 가족은 강남구 보건소와 담당 역학조사관에 의해 '밀접접촉자'로 분류되었지만 타 구에서는 이 내용이 아직 제대로 확인되거나 전달되지 않은 모양이었다. 하지만 부모님은 이에 포기하지 않고 강남구로 연락을 취해 검사를 받았다고 했다.

"검사가 끝나니까 엄마랑 아빠랑 동생 스마트폰에 뉴스에 나오는 그 앱을 설치하라고 시키더라. 그러고는 지금부터 집으로 돌아가서 자가격리를 시행해야 하고, 앞으로 2주 동안은 외부 활동이 제한된다고 하더라고."

이어서 아빠는 회사와 협의를 통해 처리하셔야 할 일을 우선 집에서 처리하는 것으로 일단락 지었고, 얼마 전에 취업 교육 프로그램에 등록한 동생은 연장이나 날짜 변경이 불가능하지만 코로나바이러스로 인한 특별 등록 취소가 가능해 재등록하는 쪽으로 정리됐다고 했다.

"궁금한 것 다 해보고, 새로운 것 다 경험해보는 성격 어디 안 갔어! 너는 코로나도 경험해보고 가족들은 덕분에 자가격리도 해보네. 아, 그리고 검사 결과 나왔는데, 다행히 음성이라더라."

엄마의 말에 내 병에 대한 불안은 물론 가족에 대한 걱정도 한시름 내려놓았다.

"휴, 다행이네! 내가 뭐… 운이 안 좋았던 거죠. 가족들은 다행히 운이 좋았던 거고."

이어서 엄마는 보건소에서 가족에게 전해준 이야기와 가족들이 집에서 어떻게 지낼지 계획에 대해 이야기했고, 나는 병원에서 보낸 지난 하룻밤과 그날 반나절에 대한 이야기를 나눴다.

엄마는 보건소 담당자의 통화 중에 메모해둔 자가격리에 대한 내용을 나에게 설명해주었다. 자가격리자에 대한 관리와 지원 시스템은 생각보다 잘 구성되어 있었다.

- 자가격리자의 건강 상태와 격리지 이탈을 관리하기 위해 앱을 설치해야 한다.
- 자가격리자들을 위해 간편식과 음료 등 각종 생활용품과 방역용품을 자가격리키트로 제공한다.

- 매일 아침, 자신의 신체 상태를 앱에 입력하여 담당자에게 제출해야 한다.
- 자가격리 생활 중 발생하는 쓰레기는 별도의 봉투에 이중으로 담아 집 문 앞에 내놓으면 주기적으로 수거해 간다.
- 자가격리 기간 동안 일을 쉬게 되거나 기타 경제 활동에 제약이 생기는 경우를 대비해 별도의 정부 지원 프로그램이 있다.

설명을 마친 엄마는 병원이 어떠냐고 물으셨다. 나는 그냥 있는 그대로를 말씀드렸다. 1인실이고, 에어컨은 비닐에 쌓여 있고, 선풍기 같은 건 없으며, 샤워실이 없어서 수건을 물에 적셔서 샤워를 대신하고 있고, 간신히 세면대에서 머리를 감고, 매일 고양이 세수하는 게 다라고 말이다. 엄마는 그 이야기를 들으면서 연신 한숨을 내뱉으셨다. 난 "뭐 어쩌겠어요"라고 대충 얼버무렸다. 엄마는 "어우, 가볼 수도 없고 옆에서 간호할 수 있는 것도 아니고…. 속상해, 정말" 하시면서 가슴을 치셨다. 괜한 걱정거리를 만들어드린 것 같아서 죄송한 마음이 들었다. 내 몸 상태와 친구와의 통화, 회사와의 통화까지 지난 몇 시간 동안 있었던 일들에 대해 이야기하자, 엄마는 내 걱정에 여념이 없었다. 그러고는 "빨리 나아서 나오는 수밖에 없네. 잠 많이 자고, 푹 쉬어. 그래야 빨리 낫지"라는 말로 전화를 끊었다.

전화를 끊고 창밖을 바라보았다. 창밖으로 마스크를 쓰고 걸어다니는 사람들과 병원 옆 공원 벤치에 앉아서 대화를 나누는 사람들을 보면서 생각에 잠겼다. 확실히 모두 이전보다는 조심스러운 일상을 보내고 있다. 분명 조심했지만 어느 순간에 전염병에 걸리고 말았다. 걸리고 싶어서 걸린 게 아니다.

그래, 난 그저 운이 좋지 않았던 것이다.

완전히 변해버린 일상, 아니 빼앗겨버린 걸지도…

공허해졌다. 넓디넓은 병실에는 끝없이 소음을 내는 음압기와 냉장고 돌아가는 소리, 그리고 나밖에 없었다. 코로나 양성 판정을 받고 입원한 뒤 180도, 아니 720도 가까이 바뀌어버린 내 일상은 사실 '사라졌다'라고 표현하는 게 더 맞는 것 같다. 1인실에서 생활하는 내가 마주하는 사람은 하루에 세 번 뵙는 간호사 선생님과 검사 때 뵙는 의사 선생님이 전부였다.

사람들과 어울리기 좋아하고, 사람들로부터 에너지를 받는 나로선 병실에 혼자 남아 있는 것에 적응하는 게 생각보다 쉽지 않았다. 더군다나 기약 없이 있어야 한다는 사실이 날 더 기운 빠지게 만들었다. 윌슨이라도 소환해야 하나 싶을 정도로 사람이 고팠다. 템플스테이가 이런 걸까. 이렇게 말없이 정적을 버티는 건 그야말로 수련이었다. 물론 음압기는 꽤나 수다스러웠지만 익숙해지다 보면 소음을 뚫고 고요함이 찾아온다. 아, 이렇게 수련이 시작되는구나.

마냥 쉴 수만은 없는 노릇이었다

지난주까지 하던 일이 있었고, 진행하던 일이 있으니 마냥 쉴 수만은 없었다. 하지만 일에 몰두하기 위해서 노트북을 들여다보면 잠시 봤을 뿐인데 눈에 열이 차올라 집중할 수 없었다. 그러면 노트북을 덮고 다시 침대에 누웠다. 노트북을 20분 정도 보면 40분은 누워 있어야 했다. 그렇게 일을 하다가 누워 있기를 반복했다.

본부장님과의 통화에서는 "일할 수 있을 것 같아요. 여력 되는 대로 해볼게요"라고 말했지만 사실 쉽지 않았다. 팀에서 사용하는 협업 툴에 꽂히는 일을 보면 '해야 한다'는 마음이 들었지만 노트북을 들여다보면 열 때문에 글이 눈에 들어오지 않았다. 내가 오르는 열을 내릴 수도 없는 노릇이니….

마음이 불편했다. 몇 년을 달려오던 일이 예고도, 계획도 없이 덜커덕 멈춰버리게 되었다. 마치 고속도로 위에서 달리던 차가 뻗어버린 기분이었다. 게다가 하늘에서 철창이 내 주변으로 떨어지더니 날 그 안에 가둬놓고 언제 나갈지 모르는 상태가 된 것이다. 일을 손에서 놓지 못하는 성격인데 하루아침에 일을 할 수 없는 환경에 처하니 고통이 따로 없었다. 내가 한량이었다면 얼마나 좋았을까 싶을 정도였다.

하루는 아침에 일어나 멍하니 천장을 봤다. 그러다 문득 혼자 되뇌었다.

'5년이 넘도록 일을 손에서 놓아본 적이 없잖아. 쉬어가도 되잖아. 아픈데, 뭘 어쩌겠어.'

마음속에 있던 응어리가 녹아내리는 기분이었다. 그동안 나는 계속 앞으로 나아가야 한다고 나를 채찍질해왔다. 어제보다 더 나은 내가 되기 위해, 내 삶의 목표를 달성하기 위해…. 보폭을 줄여본 적은 있지만 멈췄던 적은 없었다.

'내려놓자. 내려놓자.'

일에 대해 내가 자신에게 지어준 중압감과 부담을 내려놓는 데 꽤나 시간이 걸렸다. 그리고 협업하던 동료들에게 병실에서 일하기 어렵겠다고 백기를 드는 데도 꽤나 시간이 걸렸다. 차라리 동료들이 먼저 나에게 "지호 씨, 아프니까 일 다 내려놓고 쉬어!"라고 말했다면 좀 덜 힘들었을까 하고 생각해봤지만, 분명 나는 그럴수록 책임감과 부담을 더 느껴서 일하겠다고 괜한 고집을 부렸을 것이다.

담백해졌지만 어느 때보다 치열해진 나의 하루

코로나 양성 판정을 받은 격리 병동 환자의 하루는 의외로 너무나도 담백하다.

아침 5시 반: 혈압, 혈중 산소포화도, 체온 측정

아침에 "혈압 측정할게요"라는 간호사 선생님의 목소리가 들려오면 하루가 시작된다. 잠은 잘 잤는지, 밤을 지새웠다면 왜 못 잤는지, 변은 보았는지, 정상변이었는지 이것저것 물어보는 것을 시작으로 혈압과 혈중 산소포화도, 그리고 체온까지 함께 측정한다.

아침 7시 반: 아침식사

입원 초기에는 아침에 혈압을 재고 난 뒤에는 다시 잠드는 편이었다. 증상이 심해 잠을 설치기도 했고, 이른 시간에 적응이 안 되기도 했기 때문이다. 그래서 간호사 선생님들은 내가 자는 것 같으면, 침대 테이블에 조용히 아침식사를 올려두고 가셨다. 그러면 9시에서 10시쯤 깨서 늦은 아침을 먹곤 했다.

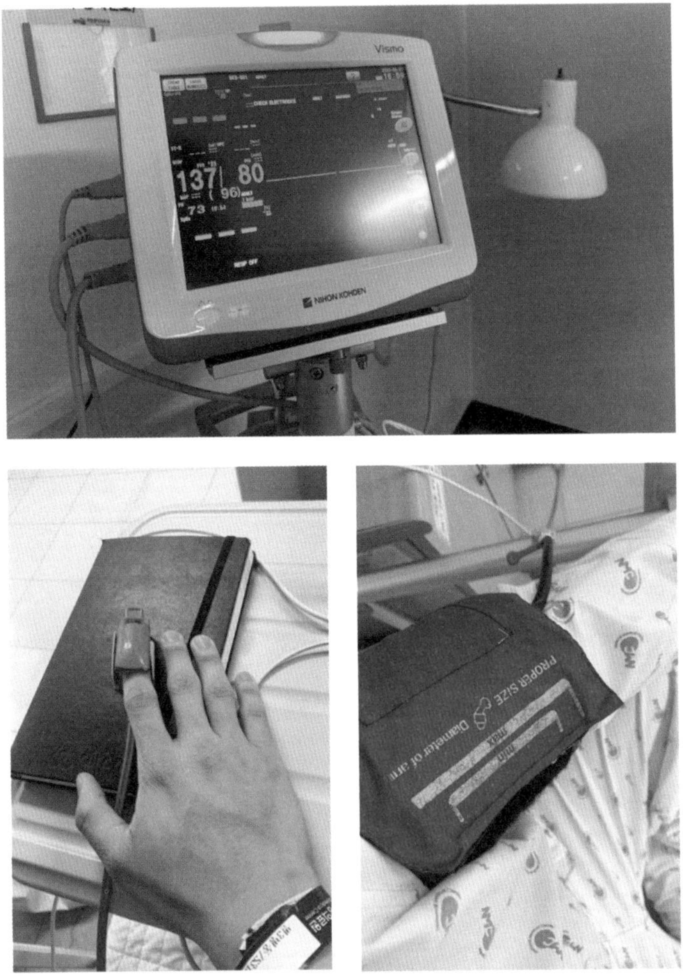

내 옆을 지켜주던 든든한 혈압측정기. 압력 때문에 아파도 혈압이 높게 나올까 봐 꾹 참았다가 측정이 끝나면 선생님께 혈압 수치를 말씀드리고 재빨리 전원을 껐다.

오전 12시: 점심식사 및 혈압, 혈중 산소포화도, 체온 측정

점심에도 혈압과 혈중 산소포화도, 체온을 측정한다. 아침 5시 반에 혈압을 측정하고 다시 잠이 들었다가 종종 두 번째 혈압 측정 때까지 자는 날도 있었다. 그럴 때면 간호사 선생님도 놀라고 나도 놀란다. 테이블 위에 못 먹은 아침식사와 선생님 손에 들려 있는 도시락이 수줍게 상봉하기 때문이다. 그럴 때는 어쩔 수 없이 아침과 점심을 함께 먹는다. 그럼 4첩 반상에서 8첩 반상으로 변한다. 뷔페가 따로 없다.

오후 5시: 혈압, 혈중 산소포화도, 체온 측정

또 혈압과 혈중 산소포화도, 체온을 잰다. 혈압을 잴 땐 말을 하면 안 된다. 혈압이 높게 나오기 때문이다. 한 번은 최고 혈압이 154로 나와서 간호사 선생님이 "혈압 잴 때는 말씀하시면 안 돼요"라고 하셨다. 하지만 간호사 선생님이 혈압을 측정하면서 "저녁이나 오전 중에 본 변은 정상이었어요?"라는 굉장히 중요한 질문을 하셔서 대답한 거였는데….

오후 5시 30분: 저녁식사

저녁식사가 들어오면 중대한 고민에 휩싸인다. 지금 먹을까, 아니면 조금 더 있다가 먹을까. 살면서 저녁식사를 5시 30분이라

병원식에 질릴까

끊임없이 변화를

시도하시던 영양사님의

노고에 박수를

보내드리고 싶다.

맛있게 잘 먹었습니다.

는 이른 시간에 먹어본 적이 없다. 자고 일어나면 가만히 있어도 눈앞에 식사가 오는 경험은 드문 경험일뿐더러 먹고 자고를 반복하다 보면 이 시간에 딱히 배가 고프지 않다. 전에 없던 경험을 하니 별의별 생각을 다한다.

오후 7시 30분: 방 청소

저녁식사 이후, 간호사 선생님이 들어오셔서 매일 방 구석구석을 청소하신다. 편히 있으라고 하시는데, 괜히 마음이 불편하고 뻘쭘해서 청소하는 선생님을 돕곤 했다. 이렇게라도 도와드리는 게 마음이 편하다. 방호복으로 꽁꽁 싸매고 대걸레질을 하는 선생님들은 얼마나 더울까? 방호복 안은 찜통일 텐데….

이외의 시간에는 열을 내리기 위해 아이스팩을 열심히 온몸 구석구석에 대어두거나 해열제를 먹은 뒤 효력이 얼른 올라오길 바라며 침대에 누워 휴식을 취했다. 하루라도 빨리 회복하기 위해 치열하게 휴식을 취했다.

일하고, 맛있는 밥을 기대하고, 갓 내린 에스프레소로 만든 커피를 마시고, 회사 사람들과 친구들과 수다를 떨고, 가족과 티격태격하고, 내 방을 치우고, 따뜻한 물로 샤워하는 일상이 송두리째 사라졌다. 그 대신 매일 〈올드보이〉에 나오는 최민식처럼 방 안에서 (군만두는 아니지만) 누군가가 해주는 음식을 먹으며 기약 없이 나갈 날을 기다리는 것만이 공허해진 내 일상을 채우는 것 같았다.

입원한 지 4~5일 간은 고열에 시달려 너무 힘들어서 거의 침대에만 누워 있었다. 환자들이 오래 누워 있으면 욕창이 생긴다는 것이 무슨 말인지 알 것 같았다. 그래도 사지가 멀쩡한 내가 욕창이 생기면 안 되는 것이니 열심히 몸을 앞으로, 옆으로, 뒤로 뒤집어주었다. 내 몸이 무슨 신생아라도, 아니 부침개라도 된 기분이었다. 계속 누워 있는 것도 허리가 아파 일어나 앉아 있을까 했지만, 앉아 있는 것만으로도 어지러워서 다시 누워 겨드랑이에 아이스팩을 끼고 생각의 나래를 펼치며 견뎠다. 그러다 고열에 눈이 빠질 것 같은 통증이 느껴질 때면 나에게 바이러스를 선사해준 친구를 원망하다가 '회사를 그만뒀어'라는 말이 귓가에 맴돌아 이건 아니다 싶어 대상을 바꿔 코로나바이러스를 열심히 욕했다. 하지만 그렇게 보내는 것도 일주일이 지나니 슬슬 진절머리가 났다. 이대로는 안 되겠다 싶어서 공허한 일상을 채우기 위해 여러 가지를 시도해보았다.

운동하기

평소 운동을 챙겨 하는 편이었다. 퍼스널트레이너에게 운동을

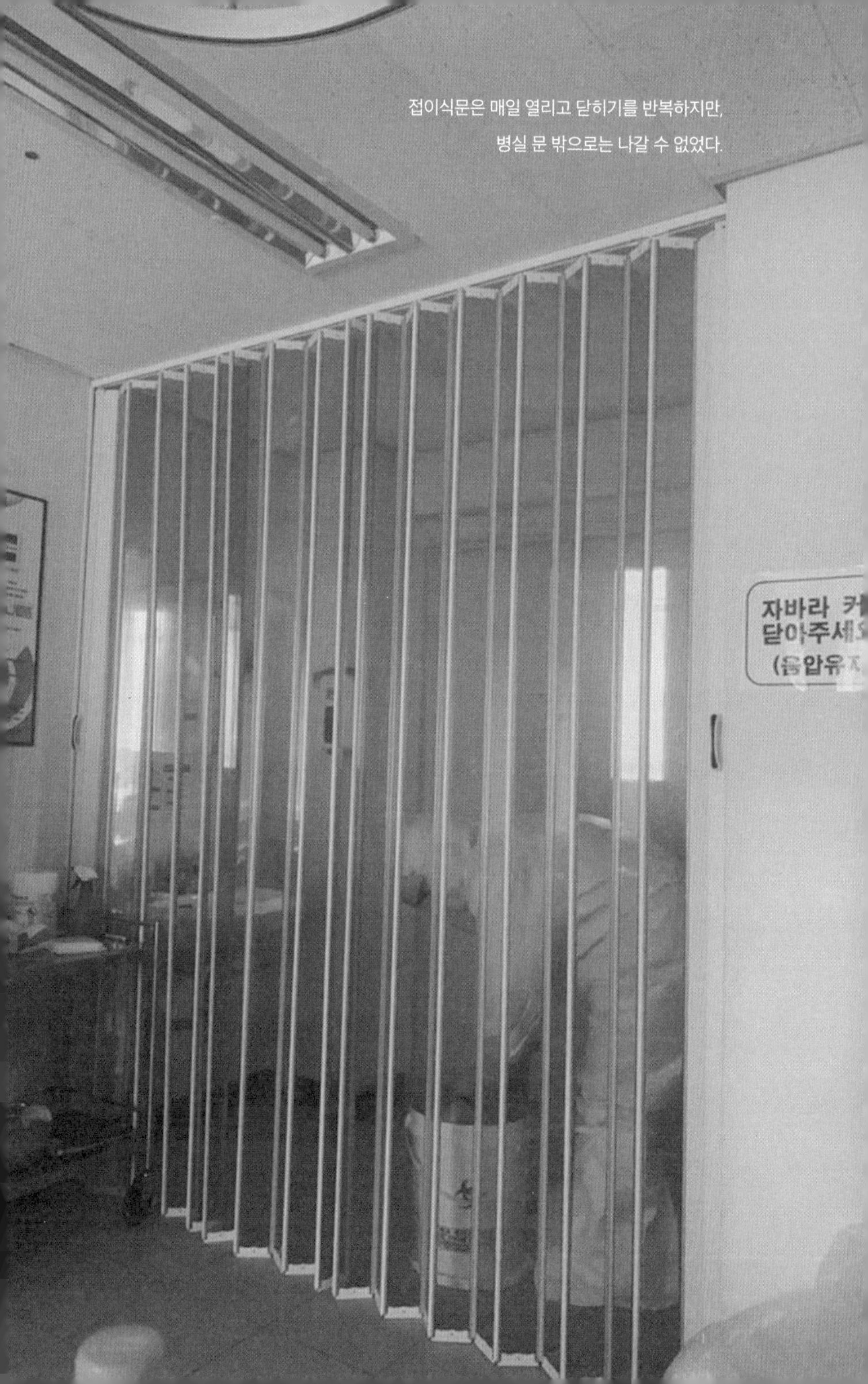

접이식문은 매일 열리고 닫히기를 반복하지만,
병실 문 밖으로는 나갈 수 없었다.

차근차근 배워오며 가능한 한 운동을 생활화하려고 노력했다. 하지만 병실은 내가 해오던 웨이트 트레이닝이나 동작이 큰 유산소 운동을 할 수 있는 최적의 환경이 아니었다. 재차 말하지만 병실에는 에어컨이 없다. 당연히 선풍기도 없고 심지어 샤워도 불가능한 환경이어서 내가 할 수 있는 건 간단한 운동밖에 없었다. 초기 며칠은 고열과 근육통 등 코로나 관련 증상 때문에 운동을 할 여유가 없었지만, 어느 정도 증상이 호전된 후로는 아무런 신체활동 없이 먹고 자고를 반복했다가는 몸이 더 안 좋아질 것 같았다. 이미 바이러스로 몸이 안 좋아지긴 했지만….

그렇다고 그냥 맨바닥에서 운동을 할 수 없었다. 로켓의 속도로 배송을 해준다는 사이트를 뒤져서 요가매트를 주문했다. 병원으로는 택배를 받을 수 없으니 집으로 배송해 룸메이트에게 병원으로 가져다 달라고 부탁하려 했으나, 룸메이트도 자가격리를 하고 있어 불가능했다. 이리저리 방법을 찾아보다가 집에 도착한 물건을 퀵기사님을 통해 받기로 하고 배송을 받아 운동을 시작했다.

다행히 매트를 깔기에는 충분한 공간이 있어, CCTV가 위치한 공간 아래에 깔아 운동할 자리를 잡았다(사실 CCTV로 내 모습이 보이는 것이 부끄러워서 그런 것도 있었다). 처음에는 푸시업과 스쾃을 중심으로 하기로 했다. 평소 운동을 하던 것이 있다 보니 운동하는 방법이나 세트 수를 잡는 것이 그렇게 어려운 것은 아니었다. 푸시업과 스쾃을 각각 80개씩 하는 것을 시작으로 하루나 이틀에 열 개씩 늘려가며 운동을 했다. 최대한 매일 하려고 노력했다. 하지만 시간이 지나 여름에 가까워지자 흐르는 땀을 걷잡을 수 없었다. 그나마 가지고 있던 손풍기에 의지하며 운동을 했지만, 내가 운동을 할수록 병실은 점점 더 더워졌다. 결국 별다른 방법이 없으니 이왕 이렇게 된 김에 땀을 왕창 흘리고 수건을 냉수에 적셔 온몸을 닦아내 더위를 식혀 샤워를 대신했다.

그러던 어느 날 밤, 스마트폰으로 모르는 번호의 전화가 와서 받아보니 간호사실이었다. 지금 어디에 있냐고 물어보시기에 방 한구석에서 운동을 하고 있다고 말하니, 안 보여서 확인차 전화를 했다는 것이다. 그래서 "저 원래 잘 안 보이고 싶어서 구석에서 운동하고 있었는데요"라고 말하니 "평소에는 CCTV 한쪽 구석에 머리가 둥둥 떠다니는 게 보였는데, 오늘은 아예 안 보여서요"라고 하시는 게 아닌가. 그 말에 그동안 내 모습이 얼마나 우스꽝스러웠을까 싶어 민망해져서 웃다가 황급히 "아, 네. 수고하세요" 하고 전화를 끊었다.

푸시업과 스쾃의 숫자를 점진적으로 늘려가고 있어서 운동의 후반부에 다다르면 정말 온 힘을 다해야 하는 지경에 이른

처음부터 요가매트를 위한 자리인 듯 공간이 마련되어 있었다.
운동할 때는 터질 것 같은 얼굴이 CCTV로 보이면 안 되니 얼굴을
벽으로 향하게 했다.

나는 한량이었다. 눈 뜨면 밥 먹고, 넷플릭스 보고, 밥 먹고,
친구들에게 전화하고, 밥 먹고, 해가 지는 창밖 풍경을 바라봤다.

다. 어느 날은 혼자 '읏! 읏!' 소리를 내며 푸시업을 하던 중 너무 지친 나머지 팔에 힘이 풀려 요가매트에 철푸덕 하고 널브러졌는데, 그 순간 머리가 '꽝' 하고 무언가에 들이받았다. 너무 아파서 소리를 지르며 손으로 머리를 움켜쥐고 위를 올려다보니 쇠로 만들어진 라디에이터가 위풍당당하게 나를 내려다보고 있었다. 병실 안에서 혼자 이러고 있는 내 모습이 웃겼지만, 간호사 선생님들이 CCTV로 보셨다면 오밤중에 일로 지친 그들에게 소소한 웃음거리를 선사한 것이니 그걸로 충분하다는 묘한 만족감이 들었다.

보고 싶었던 것 몰아서 보기

나는 평소 영상 콘텐츠를 즐겨 보는 편이 아니었다. 시간을 내 꾸준히 보는 게 쉽지 않았다. 그래도 이렇게 된 김에 보고 싶었던 것을 편히 보자고 (별걸 다) 결심하고 노트북을 열었다. 그런데 이 병원은 와이파이를 제공하지 않았다. 어렵게 결심한 일을 포기하고 싶지 않았다. 비장한 손놀림으로 스마트폰의 테더링을 켜 인터넷에 연결한 뒤 '넷플릭스'를 켜니 하필이면 공유하던 친구의 계정이 만료된 것이 아닌가. 이렇게 결심하면 일이 잘 안 풀린다. 결국 난 내 계정을 만들어 이용권을 결제했다. 최적의 감상을 위해 노이즈 캔슬링이 되는 에어팟을 끼고 넷플릭스의 세계로 빠져들었다.

〈이태원클라스〉를 시작으로 〈사브리나의 오싹한 모험〉, 〈쌍갑포차〉 등 보고 싶었던 시리즈물을 정주행했다. 보고 싶은 콘텐츠의 스펙트럼이 점차 넓어지면서 예능 프로그램도 보고 싶어졌다. 보고 싶은 것을 검색하니 넷플릭스에는 없었다. 여기저기 찾다가 다다른 곳이 '웨이브'였다. 이것까지 가입해야 하나 고민스러웠지만 내가 돈이 없나, 시간이 없나, 무엇이 문제인가 싶어 '에라, 모르겠다' 하고 가입해버렸다. 그곳에는 그곳만의 즐거움이 가득했다. 〈놀면 뭐 하니?〉를 시작으로 다시 보고 싶었던 〈무한도전〉, 주체할 수 없는 여행 본능을 달래고자 〈1박 2일〉과 넷플릭스의 〈Twogether〉까지 보았다.

하루에 한 시즌을 끝내는 건 일도 아니었다. 드라마부터 영화, 다큐멘터리, 예능, 시사 프로그램까지 장르에 관계없이 흥미를 끄는 것을 모두 남김없이 보았다. 보기 시작한 지 사흘쯤 되니 영상 속 주인공들의 얼굴이 일그러지기 시작했다. 설마 싶어 스마트폰을 보니 사용 가능한 테더링 용량을 다 쓴 것이었다. 한 달에 10만 원이 넘는 스마트폰 이용료를 내는데도 용량에 제한이 있다는 사실에 마음속 깊은 빡침이 올라왔지만, 진정하고 내 목표를 향해 한참 방법을 찾았다. 일단 이어서 보는 게 중요하니 노트북을 닫고 스마트폰으로 보기 시작했다.

종착지는 '유튜브'였다. 평소에 간간히 보던 내 마음 속 정통 시사 프로그램 〈댓글 읽어주는 기자들〉의 지난 에피소드부터 라이브 방송까지 모두 챙겨봤다. 그다음은 여행 채널 〈또떠남〉, 보기 시작하면 멈출 수 없는 예능의 특급열차 〈문명특급〉, 믿고 보는 나영석 사단의 〈채널 십오야〉, 어쩌다 보기 시작해 크리에이터가 마음에 들어 챙겨보는 〈알간지〉, 탐사시사프로그램 〈스트레이트〉 등 이것저것 열심히 시청했다. 그러다 정신을 차리고 보니 회진 시간과 친구들과의 통화 시간을 제외하고는 유튜브 알고리즘 선생님이 추천해주시는 영상을 넋 놓고 보고 있는 것이 아닌가. 무슨 블랙홀에 빨려든 것처럼 끝도 없이 빠져들었다. 새삼 유튜브 중독이 호환마마보다 무섭다는 것을 깨달았다. 그래도 그 덕분에 입원기간 동안 정신을 다른 곳에 집중할 수 있었지만, 시간을 마냥 흘려보낸 것 같아 괜한 자책감이 들었다.

자기계발하기

유튜브로 시간을 낭비한다는 생각이 들어 미뤄두었던 자기계발을 시작해보기로 했다. 하다하다 병원에서도 시간의 효용에 대해 고민하는 내 모습이 딱 '병상투혼' 그 자체라는 생각이 들었다. 사실 다른 방법이 없었다. 병원에 묶여 있는 이상 내가 선택할 수 있는 옵션이 얼마 없었으니까.

입원 전 내 직무와 관련된 인터넷 강의를 구매해둔 것이 생각났다. 당연히 구매해두고도 제대로 수강하지 않았다. 지금이 기회였다. 강의 앱을 다운받아 듣기 시작했다. 강의를 들으면서 그냥 듣기가 아쉽기도, 좀이 쑤시기도 해 요가매트로 내려가 푸시업을 하면서 듣기도 했다. 이렇게까지 해야 하나 싶기도 했지만 이렇게 해야 병원에서도 뭔가 굉장히 인간적이고, 효율적이고, 생산적인 삶을 살아가는 것이라 만족할 수 있을 것 같았다.

부모님께 자주 전화하기

부모님은 병원에 면회하러 올 수도 없고, 무슨 일이 벌어지는지 알 수 없으니 더욱더 내 걱정을 하셨다. 그 걱정을 좀 덜어드릴 겸 자가격리 중인 가족들의 안부를 확인할 겸 부쩍 전화를 자주 하게 되었다. 하루 두 번씩 꼬박꼬박 전화를 하니 부모님도 걱정을 덜하고, 안부를 물을 수 있어서 서로에게 큰 힘이 되었다.

지구 방방곡곡 친구들에게 전화하기

서울부터 제주까지 물론이고 일본, 대만, 말레이시아, 싱가포르, 홍콩, 중국, 인도네시아, 영국, 러시아, 미국, 아이슬란드, 필리핀, 라오스, 태국, 미얀마까지 세계 곳곳에 있는 친구들에게 연락했다.

늦은 밤 에어컨도 선풍기도 없는 더운 방에 있다 보면 갑자기 울컥 짜증이 올라온다. 언제 검사 결과가 음성이 나올지 모르는 채 막연히 기다려야 하는 상황을 혼자 오롯이 감내해야 한다는 걸 느낄 때마다 우울한 마음이 계속 차올랐다.

그럴 때면 스마트폰에 깔린 일곱 개의 채팅 앱 중 하나를 켜서 랜덤으로 친구들에게 전화를 건다. 어쩌다 보니 전 세계 곳곳에 친구들이 있어 하루에 한 명씩만 전화를 해도 아마 몇 년은 버틸 수 있을 정도다(아주 쬐~금 부풀렸다). 친구들 덕분에 우울함을 날려버릴 수 있었다. 코로나19로 인해 전 세계적으로 비슷한 상황에 처해 있다 보니 몇몇 친구들의 이야기는 공감이 되기도, 위안이 되기도 했다.

코로나19 이후 가장 크게 직격탄을 맞은 업계는 아무래도 항공업과 관광업일 것이다. 말레이시아의 항공사에서 승무원으로 일하는 친구는 말레이시아가 국가 봉쇄 조치에 들어간 이후 꼼짝없이 집에 묶여버렸다고 했다. 당연히 하늘길은 모두 막혀버렸고, 하루에도 수천 편의 스케줄을 소화하던 항공사는 갑작스레 모든 비행을 취소하고, 동면(Hibernation) 기간을 갖는다고 일방적으로 공지했다고 한다. 통화하는 동안 그의 목소리에서는 속상함이 여실히 묻어났다. 그러다 그가 최근 말레이시아 내 타 국가의 국민을 송환하는 항공편의 승무원으로 탑승할 기회가 생겼는데, 원래 그 항공편에 탑승하기로 한 동료가 확진자와 밀접 접촉한 것으로 분류돼 자가격리에 들어가면서 대신 비행하게 되었다는 것이다. 월급이 삭감되어 힘든 시기를 보내던 중 들어온 스케줄이라 가뭄의 단비 같은 기회였다며 연신 다행이라고 했다. 하지만 조만간 구조 조정의 칼바람이 불 것 같아 어떻게 해야 할지 막막하다고 걱정하는 친구의 소식에 나까지 마음이 먹먹해졌다.

영국의 리테일 회사에 다니는 친구와의 통화도 기억에 남는다. 한 대형 패션브랜드의 점장으로 일하던 친구에게 오랜만에 전화를 걸어보니 역시나 그 친구도 (마침 그만두고 싶기도 했지만) 코로나19로 인해 일을 그만두게 되었다고 한다. 잘 그만두었다고 격려해주면서도 앞으로의 행보를 물어보니 자신도 사실 잘 모르겠다고 하는 것이 아닌가. 그래서 이렇게 된 김에 마음 편히 푹 쉬라고 했더니 그것 또한 쉽지 않을 것 같다고 한다. 자신의 아버지도 코로나에 걸리는 바람에 자신이 당장 돈을 벌지 않으면 안 되는 상황이라는 것이다. 하지만 정작 취업시장을 보니 마땅한 것이 없어서 어떻게 해야 할지 모르겠다고 했다. 먹고사는 것에 대해 위로든 조언이든 조심스러운 것이 사실이지만 친구로서 내가 해줄 수 있는 것이 응원밖에 없어 미안했다.

싱가포르에 사는 친구에게는 영상통화를 걸었다. 처음에는 내가 잘못 건 줄 알고 나도 모르게 “Who is this(누구야)?”라고 말했다. 친구는 자기를 못 알아봤다며 속상한 표정을 지었다. 싱가포르는 2차 유행이 돌면서 도시 봉쇄가 시작되었고, 필수 작업자들을 제외하고는 재택근무를 해야 한다고 했다. 그래서 친구는 미용실을 가지 못하게 되어 지금의 몰골에 이르렀다는 것이다. 친구에게 내가 병원에 입원한 사실을 말했다. 다시 한 번 친구의 얼굴에서 웃음기가 사라지더니 괜찮냐고 물었다. 내 머리 상태를 보면 모르겠냐고 이야기하자, 친구는 자신의 머리에 비하면 너무나 정상적이어서 전혀 모르겠다며 웃음으로 나를 위로해줬다. 그래서 나에 대한 동정은 필요 없으니 머리부터 자르고 오라고 했다. 친구는 자신보다 내가 낫는 게 먼저라며 응원을 전해줬다.

미국의 샌프란시스코에 사는 대만계 미국인 친구와도 영상통화를 했다. 그 친구도 머리가 부시시했다. 다행히 못 알아볼 정도는 아니었다. 친구가 환자복을 알아보았다. 무슨 일이냐 묻길래 ‘세계적 유행을 선도하는 중’이라고 말했다. 친구는 잠깐 생각하더니 어이없다는 듯이 웃었다. 내 증상에 대해 묻길래 이것저것 답해주자, 친구는 사뭇 표정이 진지해지더니 자신도 걸렸던 것 같다는 게 아닌가. 얼마 전 열과 인후통을 겪어서 의심이 되었지만 병원에 검사를 받으러 가는 것도, 양성 판정 이후 병원에 입원하는 것도 금전적으로 부담이 될 것 같아 해열제를 먹고 집에만 있었다는 것이다. 생각할수록 위험천만한 일이라는 생각이 들어서 아찔했다. 친구가 정말 걸렸던 건지는 확실하지 않지만, 지금은 안전하게 지내고 있어서 다행이라고 말하며 서로의 무사를 빌었다. 문득 한국에도 격리되기 싫다는 이유로 자의적으로 방역망에서 고립되려는 사람들이 충분히 있을 수 있겠다는 생각이 들었다. 하지만 제발 그런 일이 없기를 바란다.

병실에 있는 동안 많은 친구들과 안부, 위로를 전하며 무사를 빌었다. 그땐 그 작은 한마디가 큰 힘이 되었다. 이 자리를 빌려 친구들에게 고맙다고 말하고 싶다. 코로나바이러스로 인해 완전히 바뀐 내 일상, 아니 코로나바이러스가 앗아간 내 일상이 너무나도 그리웠다. 그래도 버텨내야 했다. 어떻게든.

확진자 동기의 이야기

입원 당시 친구들과 통화를 하다 보면 백이면 백 모두에게 내가 유일한 확진자였다. 무슨 천연기념물도 아니고…. "헐, 내 주변에 확진자가 있다니! 네가 처음이야!"라고 반응하는 것을 볼 때면 처음에는 그러려니 하고 넘어갔지만, 나중에는 '그래서 반갑다는 건가' 싶어 황당하고, 웃기고, 어이없었다. 이런 반응은 한국을 넘어 해외의 친구들까지 똑같았는데, 그럴 때면 벙쪄서 "나도 확진자는 내가 처음이야"라고 답하곤 했다.

내 주변에 (나에게 옮긴 친구를 제외하면) 확진자가 딱 한 명 있었다. 흥미로운 점은 한국사람이 아닌 호주사람으로, 내가 입원한 지 며칠 뒤 양성 판정을 받고 입원해서 뭔가 확진자 동기 같은 느낌이 들었다. 내가 아는 유일한 확진자가 한국인이어도 신기할 텐데 외국인이라니 뭔가 묘했다. 이놈의 바이러스는 국가도, 인종도, 나이도, 성별도 가리지 않고 인간 평등을 몸소 실천해주는 것을 보니 올해의 인권 평등 실천상이라도 주고 싶다.

다국적기업에 다니는 그 친구는 코로나가 창궐하기 전 서울로 이사를 왔다. 얼마 지나지 않아 코로나로 국경이 막히자 줄곧 재택근무를 했다. 조심하고 또 조심했다는 것을 나도 익히 알고 있었다. 그러다 몇 안 되는 지인이 작게 준비한 생일 파티를 다녀온 뒤, 목에서 느껴지는 이물감이 수상쩍어 사비를 들여 검사를 받은 뒤 양성 판정을 받았다.

그렇게 입원한 친구는 매일 아침 나에게 안부 인사를 전했고, 나도 그 친구의 안부를 물으며 하루를 시작했다. 서로 다른 병원에 입원해 있었기 때문에 서로의 시설이나 의사 선생님과 간호사 선생님의 처치 방법, 식사 등을 비교해보기도 했다. 아쉽게도 대부분 친구 쪽이 더 나았다. 다행히 대부분은 별로 부럽지 않았지만, 무료한 병실 일상 중 거의 유일한 즐거움이라 할 수 있는 먹거리만큼은 친구가 그렇게 부러울 수 없었다. 무려 식사가 한식과 양식 두 가지로 나왔고, 그중에서 고를 수 있다고 했다.

아, 그리고 샤워실이 있다는 것도 조금 부러웠다. 나는 샤워실이 없어서 어쩔 수 없이 물에 적신 수건으로 몸을 닦는 건식

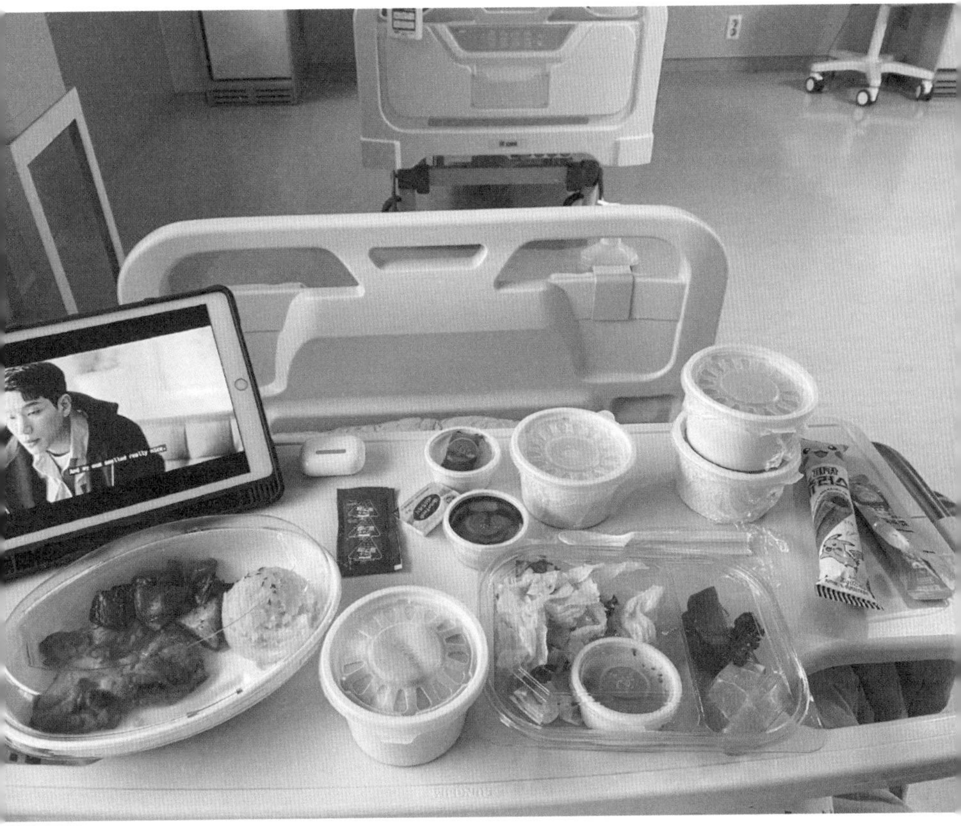

나는 단연코 국립중앙의료원에 대한 불평이나 불만을 가진 적이 없다. 에어컨도 안 되고, 선풍기도 안 되고, 심지어 샤워실도 없었지만 불평하지 않았다. 하지만 친구가 보내준 병원식 사진을 본 후 주 3회 이상 강정과 조림 등으로 마주하는 코다리를 보니 볼멘소리가 절로 튀어나왔다.

샤워를 즐기고 있었는데, 가끔은 시원하게 물 폭탄을 맞고 싶었다.

매일 안부인사로 묻는 서로의 코로나 검사 결과

친구가 입원한 지 열흘 정도 지났을 때 친구에게서 연락이 왔다. 코로나 검사 결과가 음성으로 나왔다는 것이다. 그날 아침 나의 코로나 검사 결과는 양성이었기 때문에 부럽고 아쉬운 마음이 들었지만 내 몸이 덜 건강한 것을 탓하며 친구의 음성 판정을 축하해줬다.

상기도 검사(면봉을 콧속으로 깊숙이 넣어 검체를 수집해 검사하는 것)와 하기도 검사(목 안쪽 깊은 곳에서 가래나 침을 끌어올려 뱉은 뒤 검체를 수집해 검사하는 것)로 이루어진 병원 내 검사에서는 두 가지 검사 결과가 모두 음성이 나와야 음성으로 판단하며, 퇴원을 위해서는 최초 검사 이후 24시간이 지난 뒤 재검사에서 역시 모두 음성으로 나와야 했다. 나는 이미 수차례 진행한 검사에서 단 한 번도 빠짐없이 양성으로 나오고 있었기 때문에 친구의 첫 음성 소식은 말로 설명할 수 없는 부러움과 동시에 나에게도 곧 음성 판정이 나올 수도 있다는 희망을 안겨주었다. 친구는 나에게 힘내라며 응원을 보내주었고, 나도 친구에게 내일 또 음성을 받아 퇴원하기를 진심으로 바란다고 응원을 보냈다.

다음 날 점심시간 즈음 친구에게 영상통화를 걸었다. 친구의 얼굴은 잔뜩 일그러져 있었다. 무슨 일이냐 물으니 검사가 다시 양성이 나왔다는 것이다. 너무 화가 나고 짜증이 난다며 생전 쓰지도 않던 욕까지 붙여가며 말했다. 친구는 병실이 덥고, 답답하고, 음압기 소리가 쉴 없이 들려 잠도 깊이 못 자고, 맛있는 와인도 먹고 싶고, 친구들도 보고 싶고, 집이 너무 그리워 죽겠다고 했다. 나도 몹시 그런 마음이었다.

친구는 그동안 꾹 참고 인내하던 것들이 첫 음성 판정으로 이제 코앞으로 다가온 것 같았는데, 다시 한순간에 사라져버리니 쌓였던 감정이 폭발한 것이다. 그 마음이 너무나도 이해가 되었다. 친구를 위로해줬다.

"평균적으로 치료하고 퇴원하는 데 2주 정도는 걸린다니까 너무 마음 급하게 먹지 말자. 한 번이라도 음성이 나온 거면 다음 검사에서는 음성이 나올 확률이 높으니까, 다음 결과에서는 잘 나올 것 같아."

이 말은 친구에게 하는 말이었지만, 실은 나 자신에게 해주는 말이기도 했다. 조바심을 내면 괜히 스트레스만 받고 몸이 회복하는 데 방해가 될 테니 흘러가는 대로 두자고 말이다. 친구는

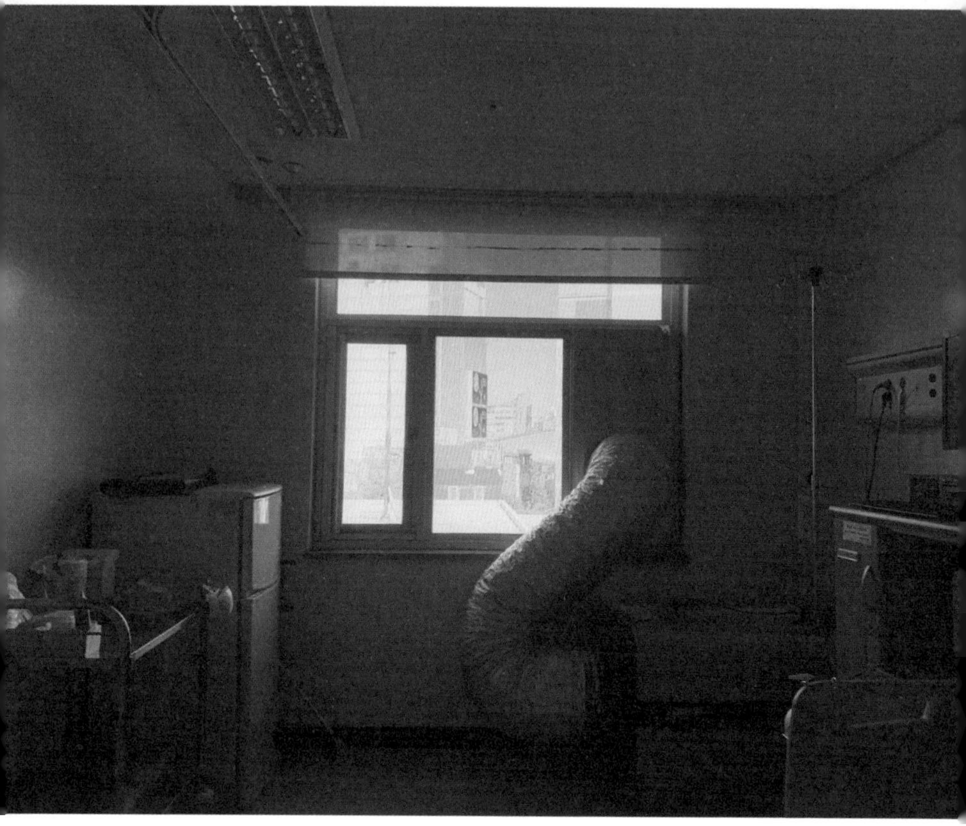

창밖의 일상을 살아가는 이들은 병실 안의 삶을 상상도 못 할 것이다. 우리는 이 안에서 참고 견디고 이겨내고 있었다.

위로해줘서 고맙다며 주말 동안 잘 쉬고 다음 월요일 검사가 잘 나오길 서로 기도해주자고 했다.

월요일 검사 결과만을 기다린 탓인지 주말이 순식간에 지나갔다. 잠도 전보다 더 많이 열심히 잤고, 운동도 꼬박꼬박 했다. 친구도 마찬가지였다. 아침식사 후 이루어지는 검사 결과를 기다리면서 서로 응원의 메시지를 주고받았다. 그리고 내기를 했다. 먼저 퇴원하는 사람이 나중에 퇴원하는 사람에게 비싸고 근사한 밥을 사기로. 친구는 흔쾌히 내기를 받아들였고, 서로 자기가 사게 될 거라며 으름장을 놓았다.

월요일에 간호사를 통해 들은 내 결과는 상기도 검사에서는 양성, 하기도 검사에서는 미결정이었다. 친구는 두 검사 모두 음성이 나왔다고 했다. 부러웠다. 그런데 '미결정'은 또 뭔가 싶었다. 간호사 선생님께 여쭤보니 음성으로 판단하기에 아직은 부족하지만 양성을 벗어난 수치를 의미하는 것인데, 여전히 양성으로 본다는 것이다. 이번에는 친구가 나를 위로해줬다.

친구는 음성 결과를 받은 뒤 진행한 검사에서도 역시나 음성이 나왔다. 친구는 퇴원할 수 있게 되었다. 입원한 지 딱 13일 만의 퇴원이었다. 반면 나는 계속되는 검사에서 여전히 양성이 나왔다. 아쉽지만 친구의 퇴원을 축하해주며 내가 퇴원하게 됐을 때 융숭한 대접을 기대하겠다고 했다.

다음 날 친구는 나에게 집에 도착했다며 인증샷을 보내주었다. 하지만 나는 아직도 국립중앙의료원 별 3동 316호 침대에 누워 있었다. 망할 놈의 바이러스도 나와 함께 있었다.

자가격리된 엄마에게 꽃을 보내드렸다

할머니가 그리워졌다

내 어릴 적의 8할은 외할머니다. 외할머니 손에 자라서 그런지 난 외할머니가 더 좋았다(아빠가 들으면 서운해하겠지만). 그런 외할머니는 내가 병원에 입원하기 2주 전에 돌아가셨다. 할머니는 담낭암 말기였다. 돌아가시기 전까지, 마지막 숨을 내뱉으실 때까지 외할머니는 다른 손주들은 몰라도 내 이름은 똑똑히 기억하시고 불러주셨다.

입원 초기에는 가족들 모두 할머니를 치매라고 생각했다. 하지만 내가 보기에는 치매가 아니었다. 우리 할머니가 가끔 깜빡하시는 것이 있긴 해도 치매의 전조를 보이지는 않았고, 할머니의 안색에서 약간의 황달기가 보였기에 치매가 아닐 거라고 생각했다. 그래서 엄마와 이모들이 할머니를 치매 환자처럼 대할 때마다 "할머니를 그렇게 대하지 말라"며 잔소리를 퍼부었다.

하루는 내가 할머니 옆을 지키겠다고 회사에 반차를 내고 짐을 바리바리 싸들고 일산 백병원까지 갔다. 가는 길에 전화로 엄마에게 할머니의 상태를 여쭤보니 '할머니가 가족을 잘 알아보지 못하고, 계속 뭐라고 중얼거리신다'고 하셨다. "지켜보기 힘들 텐데 굳이 그래야겠어?"라는 엄마의 말에 "그런 말이 어디 있어"라며 일산으로 향했다. 내 할머니인데 못 볼 게 뭐가 있고, 못 할 게 뭐가 있나.

병원 입구에서 발열 체크를 마치고 손소독제로 구석구석 손을 소독하고 마스크를 꼼꼼히 쓰고 병실로 올라갔다. 병실 문 앞에 서니 보이는 우리 할매. "할머니, 누구 왔게요" 하고 말하니 "우리 강아지!"라고 똑똑히 말씀하시는 게 아닌가. 엄마도 놀라고, 함께 계시던 작은 이모도 놀라고, 옆 침대의 아주머니도 놀라셨다.

그런 할머니는 봄을 좋아하셨다. 꽃이 피어나는 봄. 내가 도착하고 얼마 안 돼 미리 주문해놓은 것이 1층 로비에 도착했다고 연락이 왔다. 내려가서 내 몸체만 한 박스 하나를 들고 올라왔다. 조용히 병실 앞에서 박스를 뜯었다. 그 안에는 우리 할매

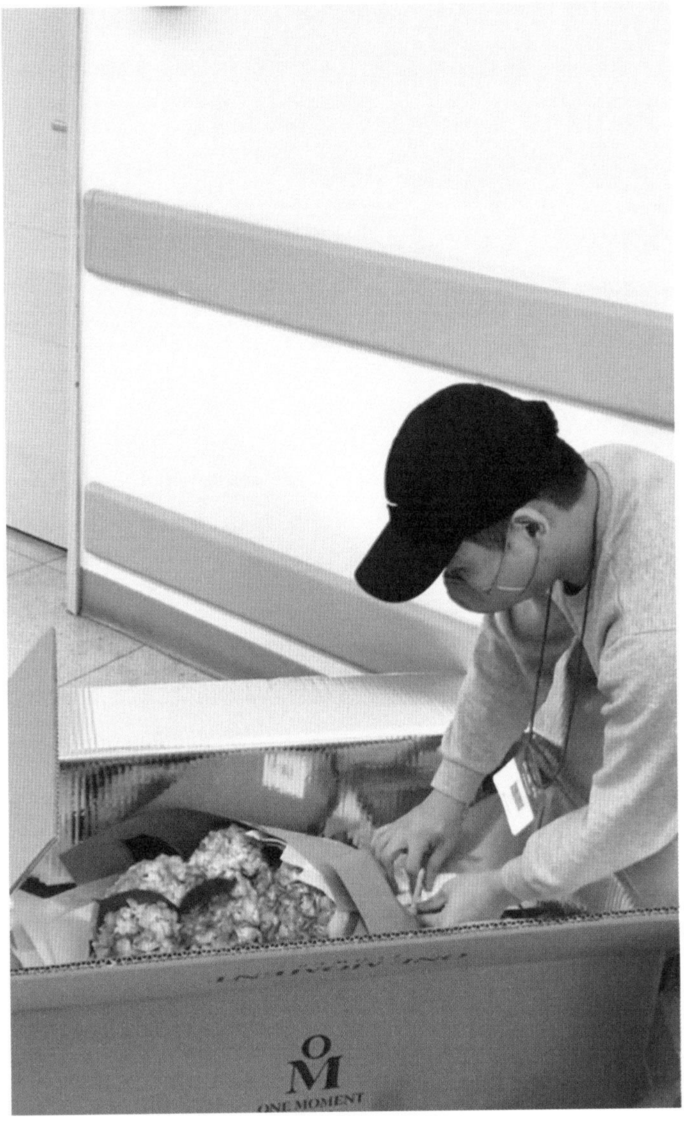

꽃을 사랑했던 꽃 같았던 할머니에게 내가 해드릴 수 있는 건
할머니의 품으로 봄을 가져다 드리는 것이었다.

몸 크기만 한 푸른색 수국이 한 다발 들어 있었다.

그 꽃을 들고 병실에 들어가니 할머니가 꽃을 보시자마자 너무나도 선명하게 "아이고, 이쁘다! 이뻐!"라고 말씀하시는 게 아닌가. 엄마는 그 목소리를 듣고 깜짝 놀라며 연신 사진을 찍었다. 입원 기간 동안 울 할매가 보고 싶을 때마다 할머니가 꽃을 끌어안고 꽃향기를 맡으며 주무시는 그 사진을 보곤 했다.

엄마는 엄마가 보고 싶다고 했다

할머니를 보내드린 지 3주가 지났을 때 집에서 자가격리 중인 엄마가 병원에 있는 나에게 전화를 하시고는 불현듯 말씀하셨다. "오늘은 엄마가 너무 보고 싶다"라고.

부모님이 지금 사시는 집은 그전에 외할머니가 살던 집이었다. 엄마와 '엄마의 엄마' 간의 추억이 너무나도 선명한 그 집에서 엄마는 엄마에 대한 그리움을 사무치게 느낄 수밖에 없었을 것이다. 엄마 곁에 함께 있어주지 못해서 미안했다. 그래서 스마트폰으로 이런저런 꽃을 고르다 '영원한 사랑'이라는 꽃말을 지닌 '스토크'를 골라 보내드렸다.

두어 시간쯤 지나자 엄마에게 전화가 왔다. 목소리에 화색이 돌았다.

꽃만 보면 할머니가 떠오른다.
한평생 꽃을 곁에 두시고 자식처럼 키우시던 모습이….

"어머, 웬 꽃이야~. 너무 예쁘다. 아들 고마워! 가족이 밖을 나가지 못하니까 집으로 꽃이 오네! 너무 예쁘다."

가족에 대한 미안함이 커졌다. 엄마는 내 그런 마음을 눈치채셨는지 "그래도 덕분에 아빠도 동생도 집에서 푹 쉬고 있어"라는 한마디를 덧붙이고 전화를 끊었다.

12시가 다 된 시간, 갑자기 다시 엄마한테 전화가 왔다. 무슨 일이 생긴 건가 싶어 황급히 전화를 받아 "무슨 일 있는 건 아니죠?"라고 물었다.

"침대 머리맡에 꽃병을 뒀는데, 엄마가 와 있는 것 같아. 우리 엄마도 꽃 참 좋아했는데. 너 할머니 입원했을 때, 그 꽃 선물 참 잘한 것 같아. 고마워."

괜히 머쓱해졌다.

"엄마에게 엄마의 엄마가 소중했던 것만큼 할머니는 나한테도 소중했어요."

엄마는 또 한 번 '고맙다'고 말씀하셨다. 그러고는 내게 뭐 먹고 싶은 것은 없는지 물으셨다. 딱히 밥투정 하는 스타일이 아닌지라 그럭저럭 병원 밥을 잘 먹으며 다른 음식 생각을 별로 안 했는데, 막상 물어보시니 고민에 휩싸였다. 낮에 햇빛이 내리쬐는 병원 밖 공원을 보며 소풍 가고 싶다는 생각을 했던 것이 기억났다.

"엄마가 싸준 김밥이 먹고 싶어요."

엄마는 "맞아, 집에서 김밥 싸 먹으면 정말 싸기 무섭게 먹던 게 생각나네. 알겠어! 자가격리 끝나면 싸 들고 갈게!"라고 하셨다.

병실 안 갑갑하던 마음이 녹는 기분이었다.

아마도 할머니의 바람

며칠 뒤, 할머니와 찍은 사진을 보고 있었다. 할머니가 항상 "좀 쉬어가면서 일해라"라고 말씀하신 게 생각났다. 할머니는 석가탄신일 사흘 전에 돌아가셨는데, 장례를 마치니 연휴가 시작되었다. 연휴 덕에 몸살을 면할 수 있었다.

하지만 연휴 후 코로나 양성 판정을 받고 병원에 입원했다. 난 다행히 중증으로 기울지는 않았다. 하지만 이 글을 쓰는 지금 병원 신세를 40일 넘게 지고 있다. 어쩌면 할머니의 바람처럼 나는 정말 쉬어야 했던 게 아닐까? 요즘은 할머니를 떠올릴 때면 좀처럼 쉬는 법을 몰랐던 내게 쉬어가도 괜찮다는 걸 깨닫게 해주고 싶으셨던 게 아닐까 생각해본다. 그 덕분에 나는 코로나바이러스에도 절망하지 않고 조금씩 성숙해가는 것 같다.

할머니가 보고 싶어졌다. 엄마에게 또 꽃을 보냈다. 그때 그 푸른 수국을….

격리 입원하면 유급휴가 처리된다고요?

힘든 와중에도 걱정스러운 게 있었다. 바로 '밥벌이'. 병원에 입원해 있는 동안 슬랙(스타트업 회사에서 많이 사용하는 사내 메신저)이 쉼 없이 울리고 있어 이걸 어떻게 해야 하나 걱정이었다. 연초에 다녀온 가족 여행과 얼마 전에 치른 할머니 장례로 지출이 상당했기 때문에 당장 월급 걱정을 할 수밖에 없었다.

입원한 지 얼마 안 됐을 때 때마침 인사 담당자에게서 메시지 하나가 도착했다.

"치료는 잘 받고 있어요? 괜찮나 모르겠네요. 코로나 확진자는 격리 해제 시까지 유급휴가(정부지원금) 처리되거든요. 근데 코로나 확진자 지원금을 따로 신청하시면 회사에서 주는 정부지원금이 안 나와요. 퇴원하고 복귀하실 때 격리 통보서, 격리

해제 통보서 꼭 지참해주세요."

요약하자면 코로나 확진자에 대해서는 격리 해제 시까지 정부에서 유급휴가비를 지원하는데, 코로나 확진자 자가격리 지원금과는 중복되면 안 된다는 것이었다. 처음에는 이게 무슨 말인지, 어떤 제도인지 이해하기 어려웠다. 그래서 좀 더 찾아봤다. 찾아보니 총 두 가지의 지원 사업이 있었다.

1. 코로나바이러스감염증-19 환자 및 격리자 등 유급휴가 지원사업

2. 코로나바이러스감염증-19 입원·격리자 생활지원비 지원사업

1. 코로나바이러스감염증-19 환자 및 격리자 등 유급휴가 지원사업

• 지원 배경

「감염병의 예방 및 관리에 관한 법률」에 의거, 코로나바이러스감염증-19로 인해 입원·격리 중인 근로자에게 유급휴가를 제공하여 정부의 조치에 협조한 사업주 지원 필요

• 법적 근거

「감염병의 예방 및 관리에 관한 법률 시행령」 제23조의 2 (유급휴가 비용 지원 등)

「신종감염병증후군 및 중증호흡기증후군(MERS) 발생에 따른 유급 휴가비용 및 생활지원비 지원금액」 보건복지부 고시

• 지원대상

「감염병의 예방 및 관리에 관한 법률」에 의거 코로나-19로 입원 또는 격리된 자에게 휴가를 제공한 사업주

*보건소에서 발부한 격리 통지서를 받고 격리된 자 또는 입원 치료 통지서를 받고 입원한 자로서 감염병 예방법에 따른 조치를 충실히 이행한 자(위반자 제외)

• 지원 제외 대상

국가 등 공공기관 및 국가 등으로부터 인건비 재정지원을 받고 있는 사업주 등

① 부패 방지 및 국민권익위원회의 설치와 운영에 관한 법률 제2조 제1호에 따른 공공기관

② 정부, 지자체의 직접 재정지원과 누리과정 예산 등을 통해 보육료 등을 바우처 방식으로 간접 지원받고 있는 어린이집·유치원

③ 정부·지자체(공공기관 포함)가 특정 목적수행을 위해 개별법 등에 따라 설립하거나 인건비 등 운영비 전체를 예산으로 지원받는 기관 등

*'20. 4월 1일 0시 이후 입국자는 지원 제외

*'20. 3. 22. 0시 이후 유럽발 입국자 중 확진·접촉자는 지원 가능 (4.1. 이후는 지원제외)

*'20. 3. 27. 0시 이후 미국발 입국자 중 확진·접촉자는 지원 가능 (4.1. 이후

는 지원제외)

• **지원금액**

(지원기준) 개인별 임금 일급 기준*으로 지급하되, 1일 상한액(13만 원) 적용

*격리(입원 치료) 통지서를 받은 날이 속하는 달의 과세대상 급여액 ÷ 26일

(유급휴가 기간) 입원·격리기간* 중 별도의 유급휴가를 제공한 일수**

*격리(입원 치료) 통지서를 받은 날로부터 격리 해제(퇴원) 된 날까지의 기간

**통상의 무급휴가일인 토요일 제외

(지원금액 산정) 1일 과세 급여액(최대 13만 원) × 유급휴가 기간

• **신청방법**

(신청자) 코로나바이러스감염증-19로 입원·격리된 자에게 유급휴가를 부여한 사업주

(신청방법) 국민연금공단 지사로 팩스, 우편 또는 방문 신청

• **신청시기**

(격리자) 격리 해제일 이후 ~ 별도 공지 시까지

(입원자) 퇴원일 후 ~ 별도 공지 시까지

• **신청서류**

① 유급휴가 지원 신청서 1부.

② 근로자가 입원 또는 격리된 사실과 기간을 확인할 수 있는 서류 1부.

- (입원자) 보건소에서 발급하는 입원 치료 통지서
- (격리자) 보건소에서 발급하는 격리기간을 확인할 수 있는 격리 통지서

③ 재직증명서 등 근로자가 계속 재직하고 있는 사실을 증명하는 서류 1부.

- 재직증명서상에 근로자의 주민등록번호 표기

④ 유급휴가 부여 및 사용 등 확인서 1부.

⑤ 임금을 확인할 수 있는 '갑종 근로소득에 대한 소득세 원천징수 증명서' 1부.

⑥ 사업자등록증 사본 1부(유급휴가 지원 신청서의 '행정정보 공동이용 동의서'에 동의하지 않은 경우, 제출)

⑦ 사업장 통장사본 1부(개인사업자는 사용주 통장, 법인은 법인 통장)

· 신청처리절차

유급휴가비 신청 ⇨ 신청서 접수 ⇨ 증빙서류 검토 및 지원비 산정 ⇨ 지원 결정 ⇨ 지급 및 결과 통보

기타

지역별 관할 국민연금 지사 소재지 및 담당자

2. 코로나바이러스감염증-19 입원·격리자 생활지원비 지원사업

• 신청대상

코로나-19 확진 환자와 환자의 접촉 등으로 보건소의 격리·입원 치료 통지와 격리 해제 통지를 받은 사람 중 감염병 예방법에 의한 유급휴가비용을 지원받지 않은 사람

[***단, 당국의 격리조치 위반자는 제외***]

• 유의사항

입원환자·격리자 생활지원비를 신청하게 되면, 입원환자·격리자 유급휴가 지원사업의 혜택에서 제외

• 지원금액

주민등록표상 가구원수를 기준으로 아래의 생활지원비 지급

가구원수 당 생활지원비(원/월)

1인: 454,900

2인: 774,700

3인: 1,002,400

4인: 1,230,000

5인 이상: 1,457,500

*입원 또는 격리기간이 14일 미만인 경우 일할 계산

**외국인 가구의 경우 1인 가구로 산정

• **신청기관**

관할 읍·면·동 주민센터 방문 신청

• **신청서류**

① 생활지원비 신청서

② 신청인 명의 통장사본

③ 신청인 신분증(대리 신청 시 신청인과 대리인의 신분증 지참)

④ 보건소(검역소)가 발급한 입원, 격리 통지서

관련사이트: 보건복지부 홈페이지

이 제도를 확인하고 놀라지 않을 수 없었다. 유급휴가비 지원사업을 기준으로 말하자면, 기존의 받은 월급을 26일로 나눈 후 일급 최대 13만 원이 넘지 않는 한도 내에서 실제 관할 보건소·병원이 통지한 입원·자가격리 기간을 곱해 사업주에게 지원하여 유급휴가비를 제공하는 제도가 존재한다는 것이다. 심지어 무직인 사람이나 유급휴가비 지원 제도의 혜택을 받을 수 없는 사람을 위해 생활지원비 제도까지 뒷받침하고 있었다. 누군가는 '혈세 낭비'라고 하겠지만, 나는 이 두 제도의 혜택을 몸소 경험하며 느끼는 바가 많아 이 부분에 대해 꼭 이야기하고 싶었다.

회복에 집중할 수 있는 환경

긍정적인 성격에 쉽게 좌절하지 않는 편인 나도 밥벌이에 대한 고민 앞에서는 스트레스를 받을 수밖에 없었다. 업무에 대한 책임감도 있었고, 완치 후 사회 복귀를 위한 밥벌이 때문에 고열에 시달리는 상황에서도 어떻게든 업무를 해보려고 노력했다. 오래 지속할 수 없었지만 말이다. 쉽지 않았다. 집중하려고 하면 열과 각종 통증으로 인해 집중력을 유지할 수가 없었다.

그러던 중 회사 인사 담당자가 관련 제도를 주의 깊게 확인하고 안내해주면서 '회복에 집중하라'는 말에 내 모든 걱정이 정말 눈 녹듯이 사라졌다. 정부의 지원 제도와 배려의 말 덕분에 '안정을 취하며 오롯이 회복에 집중하는 것'을 어떤 것보다 최우선에 두게 됐다.

게다가 이 제도는 병원에 입원한 환자뿐 아니라 감염병 확산을 방지하기 위해 '접촉자 대상 자가격리 제도'의 대상자들에게까지 적용되기 때문에 환자의 안정은 물론 감염병 확산 방지까지 기대할 수 있을 것 같았다. 감염병이 확산되는 현실에서 무엇보다도 철저한 체계를 기반으로 하여 선제적이고 적극적인 방역이 최선의 솔루션이겠지만, n차 확산이 반복되는 상황 속에서 수많은 확진자들을 빠른 시일 내에 낫게 하여 사회로 복

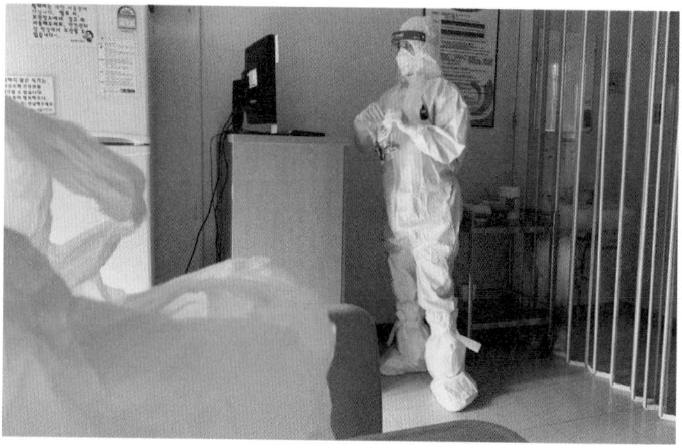

간호사 선생님은 매번 완전무장을 하고 들어오신다.

해가 지면 창밖으로 보이는 동대문의 풍경이 잔인하게도 예뻤다.

매일 밤 동대문의 석양을 바라보며 다음 날 퇴원을 기다렸지만,

병원 생활은 한없이 길어지기만 했다.

귀시키는 것이 사후 방역의 최종적인 목적이라고 생각한다. 소기의 목적을 달성하기 위해서는 환자가 '회복에 집중할 수 있는 환경'을 제공하는 것이 중요하다. 그 점에서 한국은 놀라울 정도로 사전, 사후 방역 시스템을 촘촘하게 갖추었다는 것을 다시금 느꼈다.

나를 버티게 하는 힘

코로나 확진을 받아 입원한 후 첫 2주간은 너무 아팠지만 증상이 눈에 띄게 호전되는 것을 느꼈다. 하지만 이후 더 이상 고통스럽지 않은데도 수차례 코로나 검사에서 양성이 나와 낙심하고 있었다. 그 사실이 날 점점 지치게 만들고 있었다. 분명 물리적인 고통은 나아졌지만 내 몸은 여전히 바이러스와 싸우고 있었다. 덜 아프고, 더 아프고의 차이가 있을 뿐, 분명 나는 매일 조금씩 더 나아지고 있는 것이라고 스스로에게 최면을 걸어야 했다.

병원에서의 일상은 단조롭다

병실에서의 생활은 너무 단조로워서 진절머리가 날 정도였다. 자가격리 대상자들은 그대로 집에서 자신의 살림살이 속에서 지낼 수 있지만, 에어컨도 선풍기도 없고 심지어 와이파이도 없는 병실에서 수십 일을 지내는 건 의외로 힘든 일이었다. 일상과 다른 생활에 적응하는 건 쉬운 게 아니었다. 특히 와이파이가 없는 병실에서 고도화된 문명의 혜택을 누리는 건 사치에 가까웠다. 간신히 스마트폰 테더링으로 끌어다 쓰던 데이터를 사흘 만에 소진해버려서 이미 10만 원 가까이 내던 스마트폰 요금을 더 비싼 것으로 바꿔야 하는 것이 아닌가 하는 고민까지 했다.

흰색 벽, 회색 바닥, 흰색 냉장고, 검은색 슬리퍼, 흰색 침대, 회색 의료도구 카트, 흰색 방호복을 입은 의사·간호사 선생님들, 검은색 티셔츠를 입은 나. 무채색으로 뒤덮인 병원에서 내가 천연색을 발견할 수 있는 방법은 네모난 창밖을 내다보는 것뿐이었다.

창문은 열 수 없도록 창틀이 못으로 고정되어 있었지만, 네모난 창밖으로 사람들이 일상을 살아가는 모습을 보며 부러워하기도 하고 유리창으로 들어오는 햇빛의 길이로 시간과 계절의

떡볶이와 튀김, 만두를 가져다 준
아버지와 동생. 유리창 사이로 남자 셋이서
애틋한 드라마 한 편을 찍었다.

흐름을 가늠해보면서 정적이고 단조로운 일상에 익숙해지려고 노력했다. 때때로 드라마를 보며 병원을 나가 다시 맞이하게 될 바쁜 일상에 대해 고민하기도 했다. 나는 버텨야 했다.

새삼 고마운 가족의 배려

사실 세 평이 채 되지 않는 병실에서 홀로 견딜 수 있게 하는 힘은 다른 데에 있었다. 나는 가족들에게 그렇게 살가운 아들이나 형은 아니었다. 힘든 일이 있다고 힘든 티를 크게 내지 않을뿐더러 내 힘듦을 가족들이 알아주기를 바라지도 않는 편이었다. 내 삶은 내가 오롯이 짊어지고 가야 한다는 사고방식 때문일 것이다. 그러다 보니 가족들에게 힘들다는 이야기를 해본 적이 없고, 역으로 가족들도 물어보지 않는 편이었다.

하지만 코로나를 계기로 나와 우리 가족의 대화가 달라졌다. 코로나 양성 판정을 받은 뒤 엄마와의 통화에서 엄마가 건넨 첫마디는 "아픈 데는 없고?"였다. 다른 것은 묻지도, 궁금해하지도 않고 그저 아들내미의 상태를 먼저 챙기는 엄마의 한마디에 이루 말할 수 없는 사랑을 느꼈다.

아빠는 나 때문에 자가격리를 하게 된 것이 난감하셨을 텐데 단 한 번도 짜증을 내지 않으셨다. 평소에는 간신히 2주에 한 번

꼴로 아빠와 통화를 했는데, 코로나 확진 이후 서로 번갈아가며 거의 매일 통화를 주고받으면서 서로의 상황을 확인하는 게 일상이 되었다. 항상 나에게 살갑게 대해주는 동생은 내가 툴툴거려도 여전히 살갑게 대해주고 자질구레한 부탁도 마다하지 않고 들어주었다. 그런데 입원 막판에는 짜증을 참지 못하고 동생에게 괜한 잔소리를 퍼부었다(미안해).

가족들은 자가격리 마지막 날, 신당동에 위치한 중구 보건소에서 다시 한 번 코로나 검사를 받고 집으로 돌아가는 길에 나에게 전화를 걸었다.

"검사 결과 음성으로 나와서 자가격리 풀리면 뭐 좀 사다 줄까?"

잠깐 고민하다가 나의 소울푸드인 떡볶이가 먹고 싶다고 대답했다. 가족들은 예상했다는 듯 '알겠다'며 각자의 코로나 검사 이야기를 풀어놓기 시작했다. 나는 이미 열두 번도 더한 그 검사 이야기를 듣고 있자니 피식피식 웃음이 나왔다. 결론은 모두 기침으로 시작해서 눈물로 끝난다는 이야기였다. 매운 라면을 먹다가 기침을 해서 면발이 코로 나오는 느낌이라나 뭐라나. "고생했어요"라고 말하며 그저 웃었다.

다음 날, 가족들은 다행히 음성 결과를 받았다. 가족들은 "우리는 그래도 집에 있기라도 하지. 너는 혼자 얼마나 힘드니?"라

소울푸드인 떡볶이와 튀김, 만두. 병원에 있으면 있을수록 내가 고갈되어가는 느낌이었는데, 소울푸드 덕분에 내 인간성이 충전됐다.

며 자신들의 불편보다 내 걱정에 여념이 없어 미안하면서도 고마운 마음이 들었다. 그러고는 "내일 점심에 떡볶이 배달해줄게. 더 필요한 건 없고?"라고 물어보시기에 그거면 됐다고 했다.

코로나가 낳은 이산가족 상봉

격리 병동에 입원해 있기 때문에 면회나 외부인의 방문은 당연히 금지되어 있다. 그리고 외부의 물건이나 음식은 정해진 시간에 제한적인 물품만 반입이 가능하다. 보통 입원 중 환자가 먹어서는 안 되는 음식에 대한 기준이 코로나 환자에게는 조금 더 엄격하게 적용되는 듯했다. 아마도 면역력이 낮아져 있기 때문일 것이다. 아직도 그때 배달시켰다가 폐기해야 했던 고등어회가 아른거린다. 정말 먹고 싶었는데….

가족들의 자가격리 해제 당일 아침 엄마는 자가격리 때문이었는지, 아들 걱정 때문이었는지 격리 해제와 함께 입병과 몸살이 나서 병원에 오시지 못했다. 아빠와 동생은 아침 일찍부터 내가 부탁한 책 한 권과 떡볶이 2인분, 튀김 한 봉지를 가득 사와서 간호사 선생님께 전달했다. 떡볶이는 근처 떡볶이가게가 문을 열자마자 가서 원 없이 많이 먹으라고 2인분이 넘는 양을 사 오셨다. "얼굴을 못 보네"라고 아쉬워하시는 아버지의 목소리가 전화 너머로 들렸다.

대신 아버지와 동생과 영상통화를 하면서 화면 너머로 서로의 생사를 확인했다. 그래도 병원까지 오셨으니 직접 내 눈으로 가족을 보고 싶었다. 아버지에게 "병동 뒤에 공원이 있을 텐데 거기 한번 가보세요"라고 했다. 그러고는 창가에 서서 아버지에게 혹시 병실 창문으로 서 있는 내가 보이는지 물었다. 아버지는 고개를 이리저리 두리번거리다가 나를 발견하고는 "아, 보인다, 보여!"라며 손을 크게 흔드셨다. 나도 덩달아 신나서 연신 손을 흔들어댔다. 영상통화로, 창문 너머로 서로의 얼굴을 확인하며 통화를 했다.

잠시 뒤, 문이 드르륵 열리고 간호사 선생님이 한 손에는 떡볶이 봉투, 다른 손에는 도시락을 들고 들어오셨다. 잠시 창문에 붙어 통화를 하던 내 모습을 부끄러워하다 이내 간호사 선생님께 달려가서 떡볶이를 낚아채고는 침대에 앉아 테이블을 폈다. 간호사 선생님이 피식 웃으셨다. 그리고 언제나처럼 혈압과 체온을 측정했다. 떡볶이 때문에 신난 건지, 가족들 얼굴을 봐서 신난 건지 혈압이 너무 높게 나와서 다시 측정해야 했다. 혈압 측정을 마치고 선생님이 나가신 뒤, 다시 창문으로 다가가 아버지와 동생에게 손을 흔들며 잘 먹겠다고 말했다.

며칠 뒤 엄마는 몸살이 다 낫자 전화로 이야기했던 김밥을 두

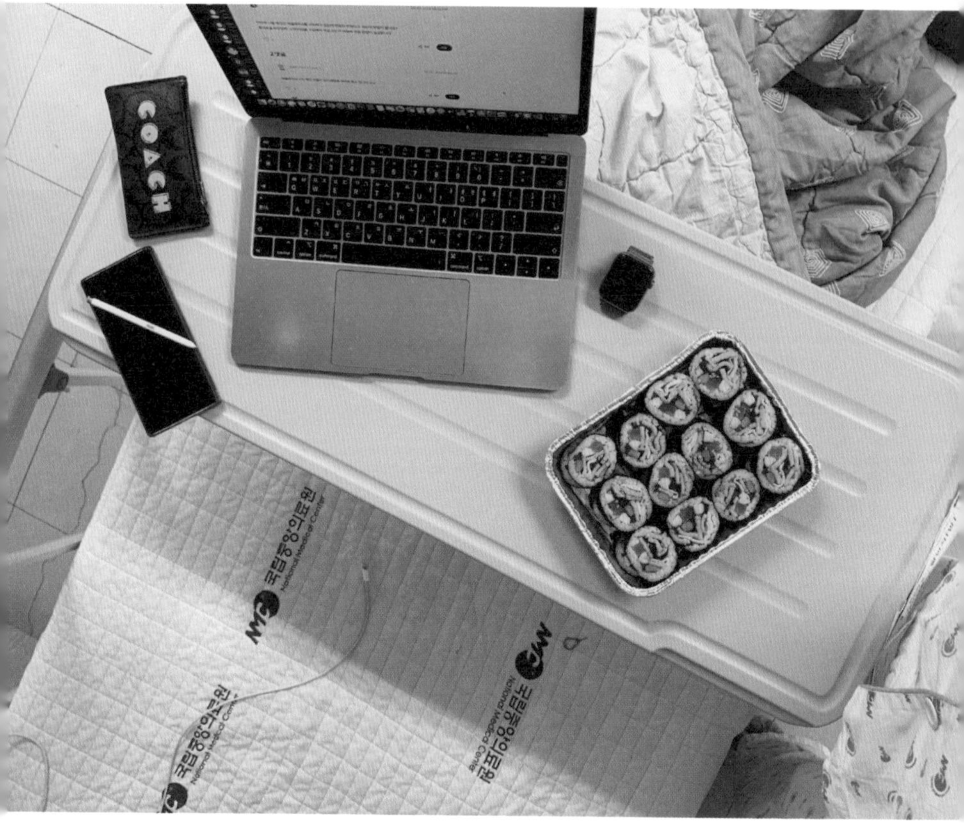

엄마가 싸준 김밥. 언마의 김밥은 밥이 적은 대신 각종 재료가 오밀조밀하게 꽉 들어차 있다.

통이나 싸다 주셨다. 그리고 또 창문을 사이에 두고 공원에 계신 엄마에게 영상통화로 김밥을 먹는 내 모습을 보여드리며 드라마 한 편을 찍었다.

코로나가 알려준 친구들의 진심

친구들에 대한 고마움의 크기를 어떻게 설명해야 할지 모르겠다. 하지만 확실한 것은 너무나도 고마운 친구들 덕분에 이 외로운 싸움에서 혼자가 아닐 수 있었다.

매일 아침 와츠앱 단톡방에서 나의 상태를 확인해주던 홍콩의 친구들.

병실에 있는 동안 코로나랑 싸우느라, 본의 아니게 규칙적인 생활을 하느라 살이 빠질 줄 알았지만 되레 살쪄서 나가게 된 데는 간식 배달이 한몫했다. 필요한 물건은 없는지 격주로 확인해가며 간식이며, 생활용품이며, 필요한 것들을 보내주기도 하고, 베이컨이 잔뜩 들어간 햄버거를 먹고 싶다고 했더니 베이컨이 한가득 들어간 버거와 클래식 버거 두 개에 치킨까지 보내준 형.

입원 후 고열과 근육통으로 잠 못 이룰 때면 새벽 4시에 전화를 해도 기꺼이 받아주던 필리핀의 친구들.

지루하면 언제든 전화하라고 이야기하던, 정작 자신들도 집에 두 달째 갇혀 있던 미국의 친구들.

마찬가지로 락 다운으로 집에 갇혀 있었지만 내가 입원했다고 징징거리니 본인의 불편함을 다 제쳐두고 내 징징거림을 먼저 들어주던 싱가포르의 친구들.

입원 소식에 외로워하지 말라며 내가 아는 친구들이 모두 모인 자리에서 영상통화로 안부를 확인해주던 일본의 친구들.

부산에 있는 친한 누나는 면역력에 좋다며 토마토즙과 두유, 쿠키 한 박스를 보내줬다. 쿠키는 먹어도 먹어도 끝나지 않았다. 누나는 나를 항상 아끼고 챙겨줬다.

항공업이 코로나19의 직격탄을 맞으며 어려워지자 실직했다고 한탄하던 전 승무원, 현 백수인 누나들.

기자와 인터뷰이의 관계로 만났다가 절친이 된 후로 내게 어려움이 있을 때마다 제일 먼저 나타나주는 전직 기자 누나. 누나는 내게 뭐가 먹고 싶은지 이것저것 물어봐주고 대답하기가 무섭게 곧바로 병원으로 직접 배달해주었다.

밤늦게 든든한 말동무가 되어주던 형과 틈틈이 살아있는지, 어려움은 없는지 깨알 같은 드립으로 웃음과 함께 안부를 확인해주던 친구들까지 모두 너무 감사하다.

그 외에도 나를 걱정해주던 전 세계 곳곳의 친구들뿐만 아니

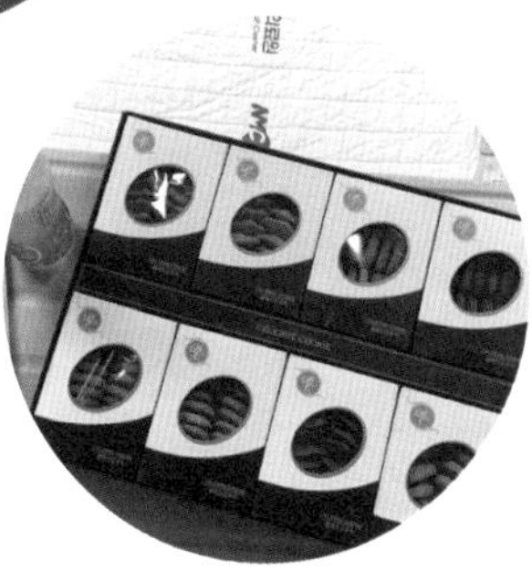

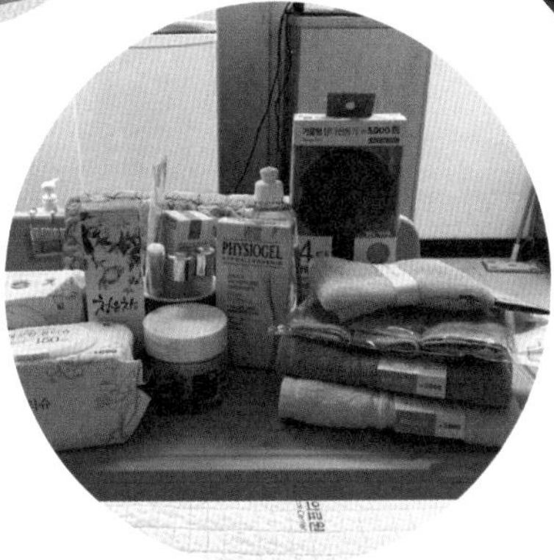

병원에 있는 내가 걱정된다며
친구와 지인들이 보내준
군것질거리와 생활용품들.
퇴원할 때 물건을 버려야 해서
남김없이 챙겨 먹었다.

라 물심양면으로 응원해주던 친구들 덕분에 나의 병원 생활은 힘들었지만 오히려 나를 더욱 강하게 만들어주었다.

마치 비가 온 뒤 더욱 단단히 굳는 땅처럼.

평생 갚아야 할 빚을 졌다

나는 가족과 친구들, 그리고 주변 모든 이들에게 평생 갚아야 할 빚을 졌다. 앞으로 그들의 어려움에 더 귀를 기울여야 하고, 그들에게 힘이 되어야 한다는 기분 좋은 빚이다. 그들이 괜찮다고 해도 나는 평생 기꺼이 이 마음의 빚을 갚아나갈 것이다. 그들의 말 한마디, 작은 선물이 나에게 얼마나 큰 힘이 되었는지 모를 것이다. 언젠가 그때의 내 감사함을 조금이나마 느낄 수 있도록 기쁘게, 기꺼이 갚아나갈 예정이다. 차근차근히.

병실을 옮겼다

입원하던 날 정신없이 들어와 휴식을 취했던 터라 내가 어느 병동 몇 호에 입원했는지조차 모르고 있었다. 병실로 향하던 내내 주의해야 할 것들을 알려주는 선생님의 말씀에 귀 기울이느라, 빨간색 선을 피하느라, 초록색 소독 발판을 밟느라 열심이어서 정신을 차리고 보니 어느 새 병실에 덩그러니 남겨져 있었다.

내가 입원해 있던 병실은 국립중앙의료원 별관 건물 316호였다. 내가 있던 층에는 여섯 개의 병실이 있는 것으로 보였다. 병실에는 라디에이터가 설치되어 있었고, 건물의 벽과 바닥에는 실금이 수년에 걸쳐 나 있었다. 누가 봐도 족히 내 아빠뻘은 되어 보였다. 이 오래된 건물에는 치명적인 단점이 있었다. 단열이 잘 안 되어서 그런지 건물 외부의 기온이 높아지면 높아질

수록 방의 온도도 함께 높아진다는 것이었다. 게다가 내가 있던 병실 창문이 동남쪽을 나 있고, 커튼이나 블라인드가 따로 없는 탓에 하루 종일 모든 햇빛을 고스란히 내 방을 달구는 데 썼다.

여름으로 접어들었지만 에어컨은 그림의 떡이었다

입원한 지 3주 차에 접어들던 5월 말, 침대 위에 앉아 있는 것만으로도 땀이 나기 시작했다. 병원 건물이 노후한 까닭에 단열이 잘 안 되는 것도 있을 것이고, 동남향이라 햇볕이 방으로 너무 잘 들어오는 것도 있었겠지만, 가장 치명적이었던 것은 방 안의 에어컨을 사용할 수 없도록 봉인해놓았다는 것이다. 당연히 선풍기 같은 건 존재하지 않았다.

덥고 짜증나고 불편했지만 음압병실에 에어컨은 가당치않은 것이기에 이 부분에 대해서는 포기할 수밖에 없었다. 음압병실에서 에어컨을 켜게 되면 자연스럽게 내부의 공기가 HEPA 필터를 거치지 않고 외부로 나가게 되니 애써 노력해서 만든 음압병실이 제대로 작동하지 않게 되고, 선풍기를 돌리게 되면 비말이 에어로졸이 되기 때문에 켤 수 없다는 사실을 알고 있었다. 그래서 입원 초기 열을 내리는 용도로 쓰던 아이스팩을 더위를

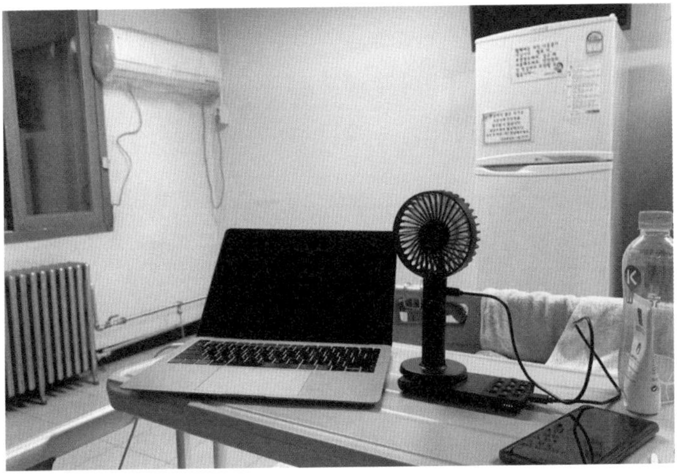

손풍기 하나에 의지하며 맞이한 여름은 나를 더 지치게 만들었다. 매일 악몽이라도 꾼 것처럼 땀에 흠뻑 젖은 채 일어날 때면 감옥에 갇혀 있는 느낌이었다.

이기기 위한 용도로 사용했다. 아이스팩이 부족할 때는 물을 얼려 아이스팩을 다시 얼리는 동안 대용으로 활용했다. 친한 형님이 혹시 모른다며 사다 준 손풍기가 없었다면 나는 뜨거운 여름, 햇빛이 한껏 쏟아지는 병실에서 말 그대로 녹아버렸을 것이다. 아침부터 밤까지, 심지어 잠을 자는 동안에도 손풍기 하나에 의지할 수밖에 없었다. 하지만 의료진의 노고에 보답하고자 이성적이고 합리적으로 모든 불편을 감수하고, 인내하며 이타적인 삶을 살고 있던 내가 폭발해버리는 때가 있었다. 바로 더위 때문에 잠에서 깰 때였다.

하루는 너무 덥고 답답해서 잠에서 깼다. 자고 일어난 침대 시트는 물론 베개 커버까지 땀으로 흠뻑 젖어 있었다. 심지어 내 온몸에 땀방울이 맺혀 있었다. 때마침 혈압을 측정하러 온 간호사 선생님께 나도 모르게 "아, 진짜 이렇게는 더 이상 못 있겠어요!"라고 짜증을 냈다. 그러자 방호복을 입은 간호사 선생님이 나를 위로하셨다. 본인이 더 더울 텐데….

방금 전의 짜증이 후회로 밀려오는데, 불현듯 궁금해졌다.

"선생님들은 환자들 점검이 다 끝나고 나면 간호사실에서 방호복을 벗고 계세요?"

"네, 벗고 있죠!"

흥, 어쩐지 날 위로하는 게 진심 같더니, 본인들은 에어컨을 켜고 시원한 공기를 쐬고 있어서 그런 거였어. 배가 아팠다.

다른 병실 말고 그냥 집으로 가면 안 되나요?

무슨 악몽을 꾸는 것처럼 땀에 흠뻑 젖어 깨기를 며칠. 입원한 지 한 달 남짓 됐을 때, 하루는 아침식사를 건내주시던 간호사 선생님이 곧 병실을 옮길 거라고 하셨다. "아, 다른 병실 말고 그냥 집으로 가면 안 되나요?"라며 간절한 농담을 한 번 툭 던졌다. 선생님은 말없이 짐을 담을 빈 봉투 몇 개와 이동할 때 필요한 발싸개와 앞치마, 장갑을 챙겨주셨다.

병실 이곳저곳에 둔 물건을 하나하나 챙겼다. 그래도 어디를 가든 여기보단 덜 덥지 않을까 생각하며 버릴 것과 챙길 것을 구분하여 정리했다. 짐을 싸고 보니 그동안 친구들이 보내준 물건이 많아서 짐이 꽤 늘어 있었다. 정리하다 보니 순식간에 한 시간이 훌쩍 지났다. 침대에 털썩 앉아 밥을 먹었다. 하, 오늘도 코다리였다. 그래도 어쩌나 배고픈데 먹어야지.

밥을 먹으며 병실을 둘러보았다. 벌써 한 달이 지났다. 그동안 병실에서 혼자서도 잘 지내왔다. 혼자 지내는 것도 나름 나쁘지 않았던 것 같다. 하지만 '병원에서의 시간이 더 길어지면 어떡하지?' 하는 생각에 '턱' 하고 숨이 막혀오는 것 같았다. 소름이 돋았다. 이내 고개를 흔들어 생각을 지웠다. 이윽고 간호사 선생님 두 분이 들어오시더니 짐을 다 챙겼는지 물었다.

정을 들이고 싶지 않던 별관 3동 316호를 뒤로하고 나왔다. 이번에는 어디로 가는지 알아둬야겠다 싶어 어디로 향하는지 여쭸더니 본관으로 향한다고 했다. 뭔가 본진에 들어가는 느낌이었다. 엘리베이터를 타고 3층에서 1층으로 향했다. 병원 건물을 나서니 선생님 한 분이 내 뒤에 따라붙으며 발걸음마다 락스를 뿌려댔다. 내 앞을 걷는 간호사 선생님은 가방을 실은 철제 카트를 끌고 본관을 향해 걸었다. 주변을 둘러보았다. 한 달 만에 나온 밖의 햇살은 더 이상 봄의 것이 아니었다. 여름의 뙤약볕이었다. 20대의 마지막 봄은 그렇게 가버렸고, 20대의 마지막 여름이 이렇게 찾아오고 있었다. 아주 잠깐 내가 잃어버린 계절을 느꼈다.

별관에서 나와 본관 후문 앞에 섰다. 유리문 사이로 선생님과 본관 안의 선생님이 서로 목례를 한 후 가방을 전달했다. 내 카트를 본관 안에 있던 선생님이 넘겨받았다. 본관 선생님의 보폭에 맞춰 따라 들어갔다. 엘리베이터가 있는 공간이 문으로 나뉘어 있었다. 저 문 너머에는 코로나바이러스가 없는 일상이 흘러가고 있음을 직감할 수 있었다. 한숨이 나왔다. 엘리베이터가 도착하고 간호사님과 함께 엘리베이터에 올랐다. '땡' 소리와 함께 도착한 7층. 엘리베이터의 문이 열리고 내린 7층의 공기도 역시나 무거웠다. 간호사실을 거쳐 병동으로 들어갔다. 새로운 병실, 711호. 간호사 선생님은 짐을 카트에서 내려놓은 뒤 병실에 대해 설명해주셨다.

새로운 병실,
똑같은 나

새로운 방도 역시 에어컨이 봉투에 쌓여 있었다. 그래도 중앙냉방이 되는 것 같았다. 에어컨과 선풍기가 없던 그 전의 방에 비하면 훨씬 나았다. 그리고 무엇보다 샤워실이 있었다(드디어!). 하지만 음압기의 소음이 이전 병실에 비해 다섯 배는 커진 느낌이었다. 새 방에는 침대가 구석에 위치해 있어 음압기 소음이 침대로 몰려 잠들기 힘들어질 것 같았다. 간호사 선생님께 고충을 토로하니 귀마개를 챙겨주셨다.

하지만 무엇보다 방은 전보다 훨씬 시원했고, 입원한 지 5주 만에 처음으로 샤워를 할 수 있게 되었다. 살면서 이렇게 오랫동안 샤워를 못 해본 적이 없었다. 하루는 발이 너무 건조해서 간지럽다 못해 아프다는 느낌이 들어 발바닥을 보니 (조금 더럽지만) 각질이 자라나는 것이 보였다. 만 27년 만에 포착한 인체

'그림의 떡'이란 표현은 이런 걸 보고 하는 말이다. '내적 시원함'을 느껴보겠다며 에어컨을 쳐다보는 나는 '현대판 자린고비'였다.

의 신비에 경외로움을 느끼면서 동시에 그런 내가 한심하다는 생각도 들었다. 어찌 됐든 만 5주 만의 샤워 덕분인지 드디어 인간이라면 잠에 들어야 할 시간에 편안히 잠들 수 있었다.

#퇴원 #완치
#음성 #사회복귀
#일상회복

2부

기다리던 퇴원,
그리고
일상으로의
복귀

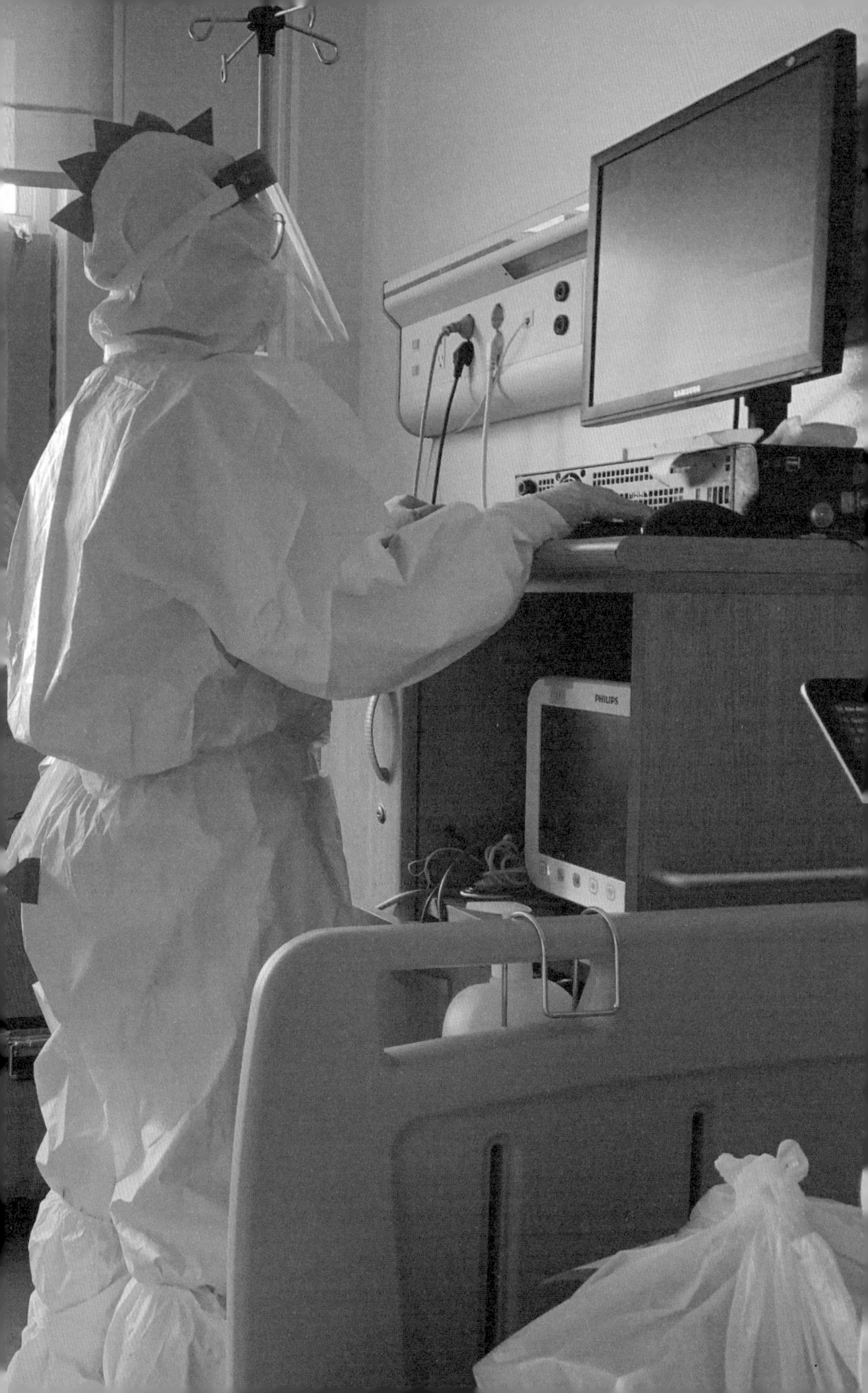
SAMSUNG
PHILIPS

50일간의 입원, 드디어 퇴원

40여 일 동안 스물다섯 번의 코로나 검사를 진행하는 동안 내 검사 결과는 한결같았다. 양성.

바뀐 퇴원 기준, 내게는 해당 사항이 아니었다

입원 후 첫 2주 동안은 고열과 오한에 시달렸지만, 이후에는 관련 증상이 모두 호전되었다. 3주 차부터는 이렇다 할 증세가 없었음에도 코로나 검사 결과는 항상 양성으로 나왔다. 그러던 중 입원한 지 45일이 되던 6월 25일, 질병관리청 브리핑을 통해 변경된 퇴원 기준을 알게 되었다. 브리핑 내용을 참고해 간호사

삼시 세끼, 밥과 함께 챙겨 먹던 약.

'퇴원하면 절대 아프지 말아야지' 하고 다짐했다.

선생님과 의사 선생님께 여쭤본 결과, 딱 나 같은 사람을 위해 기준이 변경되었다는 것이다.

퇴원 및 격리 해제 기준(20년 6월 25일 기준)

· 무증상자

-확진 후 10일 경과, 그리고 이 기간 동안 임상증상이 발생하지 않음

-확진 후 7일 경과, 그리고 그 후 PCR 검사 결과 24시간 이상의 간격 연속 2회 음성

· 유증상자

-발병 후 10일 경과, 그리고 그 후 최소 72시간 동안 1)해열제 복용 없이 발열이 없고, 2)임상증상이 호전되는 추세

-발병 후 7일 경과, 그리고 해열제 복용 없이 발열이 없고 임상증상이 호전되는 추세, 그리고 그 후 PCR 검사 결과 24시간 이상의 간격으로 연속 2회 음성

*각각 한 가지 기준 충족 시 퇴원 및 격리 해제

그렇다고 바로 퇴원할 수 없었다. 입원 43일 차부터 갑자기 인후통으로 힘들어져 진통제를 먹기 시작했기 때문이다. 코로

나 검사에서 양성이 나온 이유가 분명 내 몸 안에 있긴 한 것이었다. 하지만 진통제 복약으로 인해 46일 차부터 새롭게 바뀐 퇴원 기준을 적용할 수 없게 될 줄은 몰랐다. 불과 하루 전에 발표된 변경된 퇴원 기준을 다시 한 번 꼼꼼히 읽어보았다. 가슴이 덜컹 내려앉았다.

'해열제 복용 없이 72시간 동안 발열이 없어야 한다고? 해열제? 타이레놀이 해열진통제 아닌가? 난 이미 먹고 있었는데?'

아니나 다를까 입원 46일 차 목요일 오전에 회진을 들어온 의사 선생님은 내가 예상한 말을 그대로 하셨다.

"환자분께서는 이미 해열진통제를 복용하고 있어서 임상 기준에 맞지 않아 금요일 퇴원은 어려울 것 같아요. 오늘 점심부터 해열진통제 처방 없이 발열이 있는지 지켜보고 72시간이 지난 후에도 문제가 없다면, 월요일에 퇴원을 하는 것으로 할게요."

월요일? 잠시 생각했다.

'아, 병원은 일요일에 퇴원을 못 해주지.'

목요일 점심부터 72시간 이후면 일요일 점심시간인데, 일요일에는 병원에서 퇴원할 수 없다는 걸 깜빡하고 있었다. 잘 알겠다고 대답하고, 그날 점심식사부터는 더 이상 약을 먹지 않았다.

그래도 끝이 있는 기다림

설레기 시작했다. 사흘만 기다리면 어쩌면 퇴원을 할 수 있으니 말이다. 확정이 아니어도 희망이 가시화되니 당장 내일이라도 퇴원할 것처럼 셀렜다.

주변을 둘러보았다. 냉장고와 수납장에는 불과 며칠 전에 친구들이 보내준 물건이 아직도 꽤 남아 있었다. 사흘밖에 남지 않은 시간, 나갈 때 이 물건들을 단 하나도 버리고 싶지 않았다. 식사와 식사 사이에 컵 불닭볶음면을 끓여 먹었고, 넷플릭스를 볼 때면 몽쉘을 꺼내 먹었다. 토마토즙도 꼬박꼬박 챙겨 먹었고, 목이 마를 때면 물 대신 생강차를 계속 끓여 먹었다. 친구들이 보내준 것 하나하나 챙겨 먹을 때마다 이루 말할 수 없는 고마움을 느꼈다.

퇴원이 가능할 것 같다는 소식을 듣자마자 엄마에게 전화를 걸었다. 엄마는 당장 전화 속에서 튀어나올 것처럼 기뻐하셨다.

"드디어 나오네!"

"나오면 뭐 먹고 싶은 거 없어?"

"이렇게 오랫동안 못 보다니!"

"목 빠지는 줄 알았네!"

"퇴원하는 날 병원으로 갈까?"

밥을 먹을 때마다 모아놓은 배식표.

세어보니 150개 정도 모았다.

엄마의 말들에 마음이 한없이 따뜻해졌다. 그리고 병원에 입원한 동안 연락한 친구들에게 월요일에 퇴원할 것 같다는 문자 메시지를 돌렸다. 친구들은 하나같이 자신의 일인 것처럼 축하해주고 격려해줬다. 진심으로 고마웠다.

아뇨, 전 토끼인데요?

통화를 마치고 시간을 보니 어느덧 시간은 저녁식사와 청소 시간이 되었다. 병실 문을 노크하고 들어오시는 간호사 선생님 쪽으로 시선을 돌리니 선생님의 방호복에 붙은 무언가에 나도 모르게 '풉' 하고 웃어버렸다. 선생님은 못 들으셨는지 평소와 다를 것 없이 도시락을 침대 테이블 위에 내려놓으시고 혈압과 체온을 측정하셨다. 측정을 다 마치셨을 때 선생님께 여쭤보았다.

"선생님, 오늘 기분이 공룡공룡 하셨나 봐요?"

"엇, 알아봐주시는 분이 드디어 나왔네요. 사실은 방호복을 입은 간호사들끼리도 서로를 알아보지 못해서 이렇게 한 번 해봤어요."

나조차도 매일 들어오시는 선생님들을 마스크 속 목소리와 페이스실드 너머로 보이는 눈매로 간신히 알아보곤 했는데, 선생님들끼리는 바쁜 와중에 쉽지 않았을 것이다. 생각해보니 이

전 병동의 선생님들은 방호복에 매직으로 크게 적어서 서로를 알아보는 듯했다. 어쨌든 이렇게 깜빡이도 없이 들어오는 선생님들의 '엄청난 귀여움'을 바라보며 어쩔 줄 몰라 하다 선생님께 여쭸다.

"이건 어떤 공룡인가요? 티라노사우루스는 머리에 이런 게 없는데…."

"이거요? 글쎄요… 생각해본 적이 없는데…."

난 그새 검색해서는 "스테고사우루스네요!"라고 말하며 너무 귀엽다고 몇 번이고 말했다. 선생님은 알아봐줘서 고맙다고 말씀하시며 하던 일을 마무리 지으셨다. 이어서 방 청소는 다른 선생님이 곧 해주실 것이라고 말하며 병실을 나가셨다.

그리고 얼마 지나지 않아 들어오신 간호사 선생님의 급발진으로 훅 들어온 귀여움에 나는 두 손, 두 발을 들고 항복을 조용히 외쳤다. 이번 선생님은 동그란 갈색 귀 모양을 머리 좌우에 하나씩, 꼬리가 있어야 할 곳에 동그란 꼬리를 붙이고 들어오셨다. 이건 누가 봐도 강아지 같아 보여서 선생님께 "쌤은 강아지시죠?"라고 말하니 식스센스급 반전 대답이 돌아왔다.

"아뇨, 전 토끼인데요?"

너무 놀란 나머지 선생님께 "에이, 이게 어디 봐서 토끼예요!"라고 말하니, 귀를 자세히 보면 세로로 길게 되어 있다는

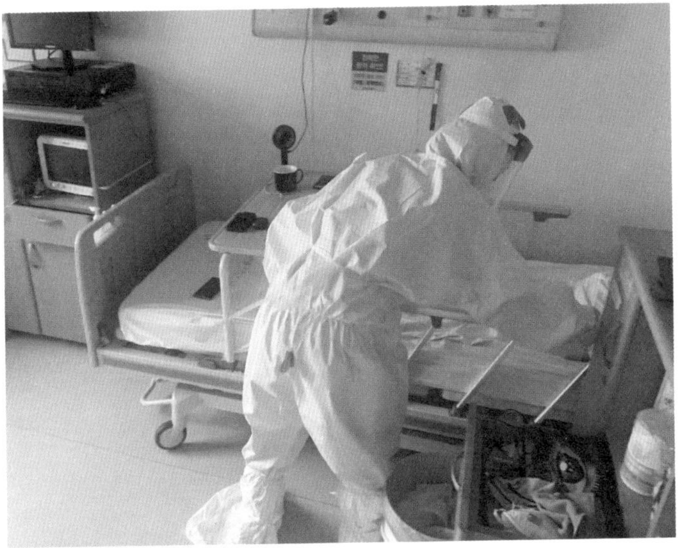

혈압은 '스테고사우루스' 선생님이 쟀고,

청소는 '토끼' 선생님이 해주셨다.

것이 아닌가. 자세히 보니 정말 그랬다. 길이가 우리가 아는 토끼처럼 길지 않아서 그렇지 강아지라고 하기에는 길었다. 나는 재빨리 수긍하고 '그래, 저 쌤은 토끼다'라고 되뇌었다. 이후 토끼 선생님은 내 방 구석구석을 청소하시고, 향균 티슈로 손이 닿았을 만한 곳 이곳저곳을 열심히 닦으셨다. 화장실 청소까지 마치신 토끼 선생님은 "쉬세요"라는 인사를 남기고 병실을 나가셨다.

병실을 나서시는 간호사 선생님을 보며 나는 생각에 잠겼다. 우리가 코로나19와의 치열한 싸움을 시작한 것이 언제부터인지 대강 세어보니 얼추 반년이 되었다. 그 싸움을 시작하던 첫날부터 지금 이 순간까지 자신을 바이러스로부터 보호하기 위해 방호복과 마스크, 고글, 장갑, 발싸개 그리고 페이스실드까지 매번 프로토콜에 맞춰 입고 벗을 때면 육체적으로나 정신적으로 엄청난 스트레스와 중압감에 시달렸을 것이다. 하지만 이들은 징그럽게 반복되는 전쟁 같은 일상 속에서도 작은 변화를 만들며 버텨내고 있었다. 치열한 일상이 안겨다 주는 쓰디 쓴 고통을 잔잔한 웃음과 해학으로 승화하는 선생님들을 바라보며 괜히 코끝이 시큰해졌다. 감사의 마음일까? 아니면 연민의 마음일까? 그건 아마도 숭고한 희생에 대한 찬사와 감사의 마음이었던 것 같다.

72시간의 기다림 뒤 맞이한 쉰 번째 아침

72시간은 생각보다 빠르게 흘렀다. 퇴원이 코앞으로 다가오니 입원 생활을 정리하느라 바빠서 그랬던 것 같다. 지난 49일과 다를 것 없이 맞이한 쉰 번째 아침도 어김없이 새벽 5시 반에 시작되었다. 병실 문을 열고 들어온 간호사 선생님은 "오늘은 나갈 수 있을지도 모르잖아요!"라며 나를 독려해주셨다. 간호사 선생님의 말에서 누구보다 내가 얼른 퇴원해 일상으로 복귀하길 바라는 진심이 느껴졌다. 혈압과 혈중 산소포화도, 체온을 측정하신 선생님은 "오늘 퇴원하게 된다면 가장 먼저 퇴원시켜드릴게요!"라는 말을 남기고 병실을 나가셨다.

한 네 시간쯤 지나자 침대 옆 스피커에서 간호사 선생님의 목소리가 들렸다.

"주치의 선생님께서 퇴원하라고 하시네요! 자세한 내용은 곧 알려드릴게요! 우선 들고 나가실 물건과 버리실 물건, 구분해주시겠어요?"

나도 모르게 소리를 질렀다.

서랍장에서 가방을 꺼내 챙겨 나갈 물건을 분류해 담고, 버릴 물건을 폐기물통에 버렸다. 전자책과 노트북, 충전기는 전자기

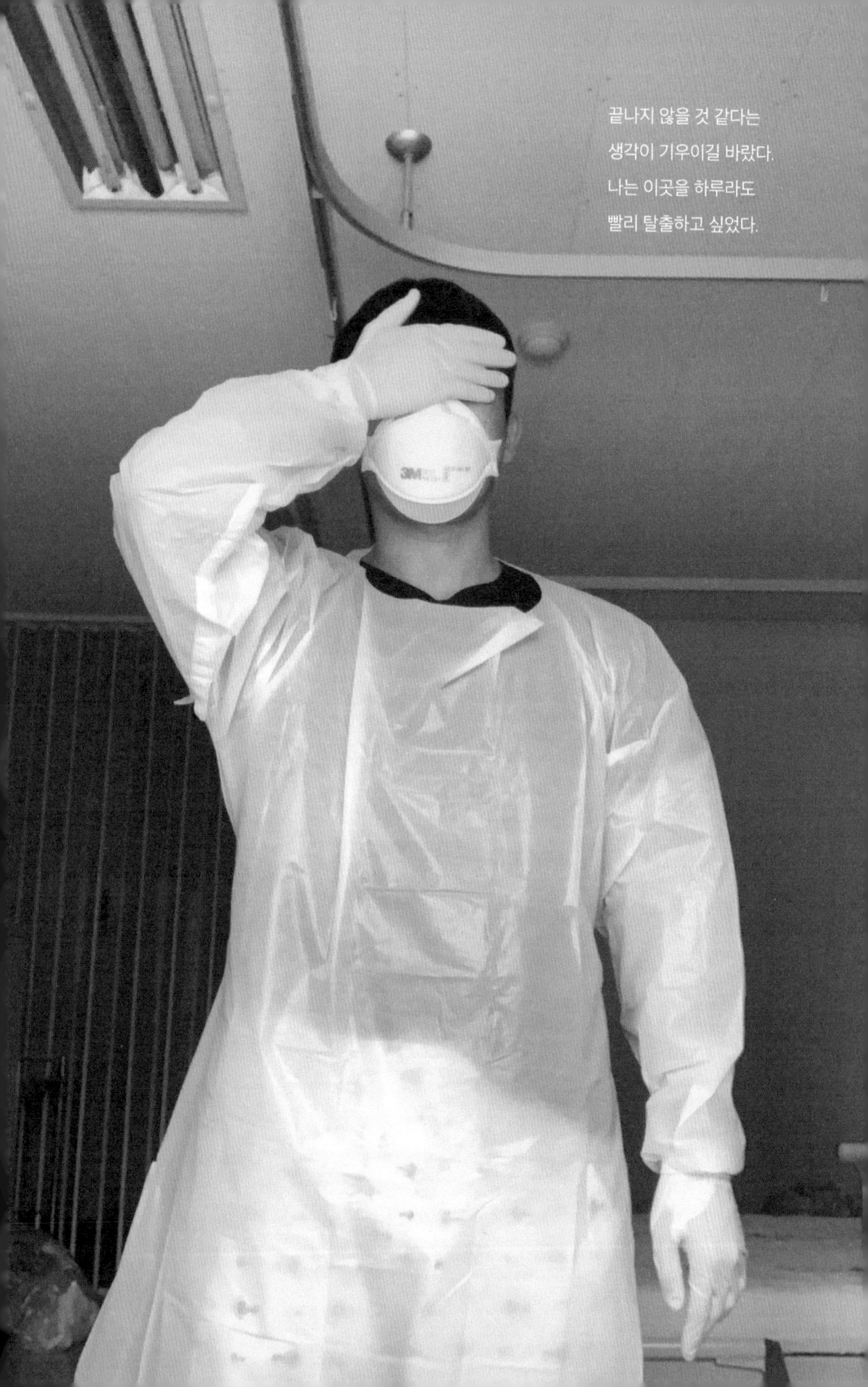

끝나지 않을 것 같다는
생각이 기우이길 바랐다.
나는 이곳을 하루라도
빨리 탈출하고 싶었다.

기 파우치에 정리해 넣었다. 수납장 위에 남은 생강차 스틱 두 개를 발견하고는 끓는 물에 모두 타서 마셔버렸다. 냉장고 안에 있던 쿠키도 꺼내서 생강차와 함께 오물오물 먹으며 시계를 바라보았다. 오전 9시 50분을 가리키고 있었다.

퇴원 대작전

오전 10시 30분, 스피커에서 간호사 선생님의 목소리가 다시 들려왔다.

"퇴원 준비로 곧 다른 간호사가 들어갈 거예요. 버려야 할 짐은 한곳에 모아두시고, 챙겨가실 짐은 락스를 뿌려 소독해야 하니까 물기가 닿으면 안 되는 전자기기들은 따로 빼놓으세요."

선생님의 지시에 따라 가지고 나갈 짐은 침대 위에, 버릴 짐은 바닥에 두었다.

30분이 조금 지났을 때 접이식문이 드르륵 열리더니 간호사 선생님 두 분이 들어오셨다. "물건 다 정리하셨어요?"라고 묻고는 짐을 나눠 담은 봉투를 열어 그 안에 락스를 희석해 만든 소독액을 열심히 뿌리셨다. 옷이며, 각종 전자기기며 종류를 불문하고 열심히 소독했다. 알싸한 락스 냄새가 방에 진동했다. 그리고 마스크와 발싸개, 비닐 앞치마를 건네며 입으라고 하셨다. 선생님은 병실을 구석구석 두리번거리며 빠트린 물건이 없는지 확인하셨다. 나도 세 번쯤은 확인해서 두고 가는 물건이 없을 거라고 자신하며 "다 확인했어요!"라고 말했다. 쌀 한 톨만 한 연결고리도 이 병실에 남기고 싶지 않았다. 완전히, 완벽하게 바이러스와의 인연을 끊어내고 싶었다. 이곳에서 내 흔적을 지워버린다면 가능할 것 같았다.

보호 장비를 모두 챙겨 입었다. 접이식문 앞에 섰다. 선생님이 이제 가자고 하셨다. 나도 제발 가자고 했다. 접이식문을 드르륵 열고 병실 문 앞에 섰다. 손소독제로 장갑을 낀 손을 꼼꼼히 비벼가며 소독했다. 그런데 갑자기 뒤에서 다른 선생님의 목소리가 들려왔다.

"환자분! 여기 꽂혀 있는 스마트폰 충전기도 챙겨야죠!"

가슴이 덜컹 내려앉았다. 단 하나의 물건도 남기지 않겠다며 꼼꼼히 챙긴다고 챙겼는데, 정작 머리맡에 있던 충전기와 케이블을 잊고 있었다. 혹여 내가 퇴원해서는 안 되는 무언가가 발견된 건가 싶어 작은 것에도 놀랐다. 왠지 평탄해야 할 퇴원 뒤의 삶에 부정이 타는 것 같아 재빨리 선생님께 "챙겨주세요!"라고 말했다.

짐을 다 챙겼다. 손 소독도 마쳤다. 간호사 선생님은 접이식문을 닫았다. 병실 문을 열고 병실을 나섰다. 병실 앞 초록색 소

입원이 길어질수록 짐도 점점 늘어났다.

일상으로 돌아가려면 병원에서의 짐을 버려야 했다.

독 발판을 밟았다. 선생님은 병실에 들어올 때처럼 빨간색 선 안쪽 길로 걸어가라고 했다. 빨간색 선이 그어진 복도에 서서 주변을 둘러보았다. 복도에는 나와 간호사 선생님이, 그리고 벽 너머에는 바이러스가 있었다.

'망할 놈의 바이러스!'

음압기 소리가 쉼 없이 들렸지만, 그 소리를 제외하면 이곳에는 끝을 모르는 적막이 흘렀다. 선생님은 자신을 따라오라며 앞서 걸었다. 그리고 파란색 선과 빨간색 선이 나란히 그어진 병실로 나를 데려갔다. 그곳에는 샤워실이 있었다. 샤워실 안에는 룸메이트가 보내준 옷이 봉투 안에 담겨 있었다. 선생님은 샤워를 마친 뒤 마스크를 쓰고 파란색 선이 그어진 구역으로 나와 자신을 호출하라고 했다.

보호 장비와 지긋지긋했던 환자복을 벗어 봉투에 넣고 샤워를 시작했다. 샴푸를 듬뿍 짜서 머리를 감기 시작했다. 평소보다 몇 배나 더 많이 거품을 내 감았다. 머리를 헹궈낸 다음, 보디워시도 깊게 세 번이나 펌핑해 열심히 거품을 내 몸을 구석구석 닦았다. 목부터 발끝까지, 심지어 손톱과 발톱 아래까지 구석구석 닦아냈다. 마지막 남은 바이러스 하나까지 모두 씻어 죽일 것처럼…. 샤워실에는 뿌연 김과 거품, 죽은 바이러스로 가득 차 있었다. 분명 바이러스는 모두 죽었을 것이다. 그래야만 했다.

몸을 물로 씻어 내렸다. 샤워실 벽에 잔뜩 튄 거품들도 씻어 내렸다. 하수구로 거품이 완전히 흘러내려가는지 끝까지 바라보았다. 그 공간의 모든 거품이 사라진 걸 확인한 후 물을 끄고 샤워기를 벽에 걸어뒀다. 마치 전쟁을 마치고 돌아온 군인이 무기를 잘 정리해서 무기고에 넣어놓는 경건한 마음이었다.

몸을 수건으로 닦은 뒤 옷을 입고 샤워실을 나왔다. 파란색 선이 그어진 구역으로 나와 빨간색 선이 그어진 공간을 바라보며 다시는 발을 들여놓지 않으리라 다짐하며 더 멀찍이 떨어져 섰다. 그리고 간호사 선생님을 호출했다.

병실을 나섰을 때 입은 보호 장비들은 모두 폐기물함에 버리고 새로운 마스크와 앞치마, 장갑을 착용했다. 선생님이 이제 나가자고 했다. 다시 한 번 뒤를 돌아봤다. 뭐라 설명할 수 없는 미묘한 생각과 감정이 머릿속을 복잡하게 만들었다. 눈을 질끈 감고 다시 앞을 바라봤다. 그리고 생각했다.

'코로나, 이 개새끼!'

선생님이 병실 밖 간호사 선생님을 바라보며 손을 흔드니 문이 열렸다. 밖에서만 열 수 있는 것처럼 보였다. 문이 열리고 다시 초록색 소독 발판을 밟고 병동을 나왔다.

그리고 문이 닫혔다. 나는 현실로 돌아왔다.

보이지 않는 적과 싸우는 흰옷의 전사들

"나오셨네요!"

현실과 그곳을 엄격하게 구분하는 문이 닫히고 간호사실로 발을 디딘 나에게 간호사 선생님이 건넨 첫마디였다. 마치 나의 무사귀환을 다 알고, 기다리고 있었다는 듯이 말이다. 이어서 퇴원에 필요한 안내를 해주셨다. 변경된 기준이 적용되어 퇴원과 동시에 격리 해제로 행정절차가 진행되기 때문에 별도의 추가적인 자가격리 없이 일상생활로 복귀가 가능하고, 수납을 마치면 집으로 돌아가도 된다고 했다.

모든 설명을 들은 뒤 간호사 선생님을 올려다보았다. 그동안 방호복을 입은 선생님들을 눈 생김새나 목소리로 어느 정도 알아보았지만 막상 방호복을 벗은 선생님들을 보니 누가 누군지 하나도 알아볼 수 없었다. 알아보는 것을 포기했다.

지난 50일을 떠올려보았다. 어떻게 지나갔는지 헤아릴 수 없는 50일의 낮과 밤들. 그곳에는 항상 간호사 선생님들이 계셨다. 분명 의사 선생님들도 고생하셨지만, 간호사 선생님들이 없었다면 이 바이러스와의 싸움을 필패했을 것이다.

열에 시달리던 새벽 3시, 내가 수화기를 들어 열 때문에 힘들

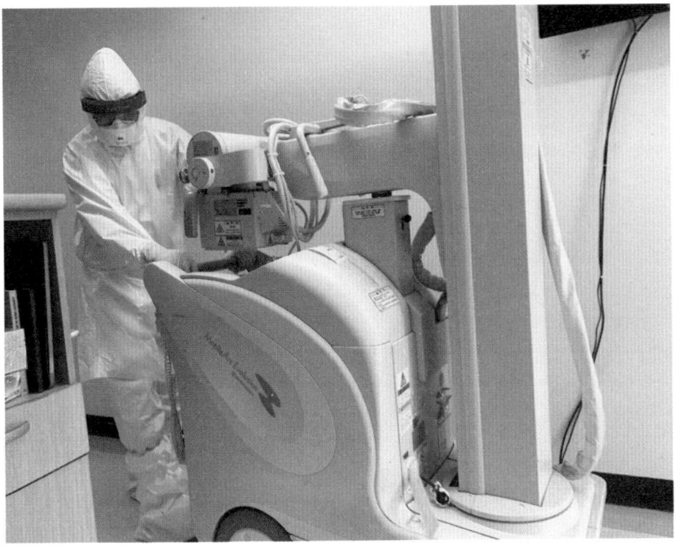

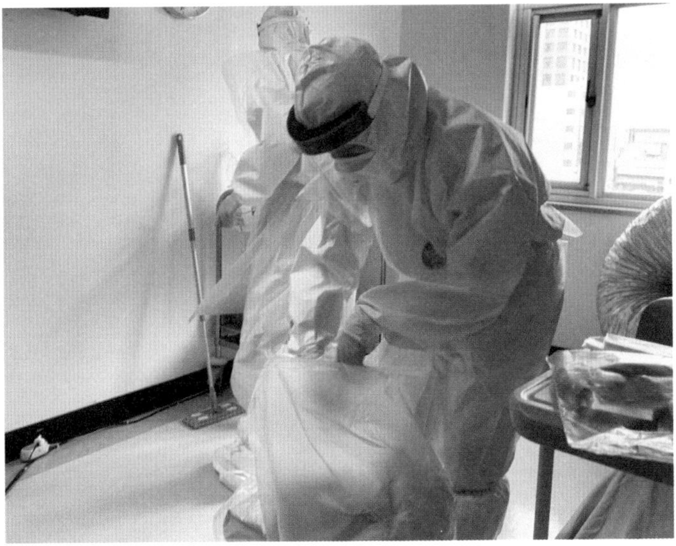

어마어마한 크기의 엑스레이 기계를 끌고 온 간호사 선생님.

퇴원 때 내 짐을 챙기던 간호사 선생님.

이들은 어떤 마음으로 환자를 대할까?

격리병동의 문.

안쪽에서만 열 수 있다.

다시는 저 문을 열게 하지 않을 것이다.

다고 호소할 때면 간호사 선생님들은 그 갑갑한 방호복을 힘겹게 입고 바이러스가 잔뜩 있는 병동으로 들어와 내 손에 약을 쥐어주셨다. 하루 세 번씩 환자의 상태를 확인하는 것뿐만 아니라 삼시 세끼 환자의 식사를 챙기고, 하루도 빼놓지 않고 병실 구석구석을 닦아내고, 병실을 점검하고, 화장실 청소까지 도맡아 하셨다.

그들도 무서웠을 것이다. 두려웠을 것이다. 하지만 누구보다 용감하고 담대하게 매일 수많은 환자들을 만났고, 바이러스에 무너져가는 환자들에게 용기를 주었고, 나를 살려냈다. 지금 이 순간에도 수많은 환자를 살려내고 있을 것이다. 그들은 끈질긴 바이러스와의 전쟁의 최전방에서 누구보다 가장 용맹하고 숭고하게 싸워내고 있다. 마지막으로 간호사실을 나서는 순간, 가슴이 벅차올라 진심을 다해 선생님들께 감사하다고 인사를 드렸다.

1층으로 내려가는 엘리베이터를 탔다. 먼저 타고 있던 환경미화원분과 눈이 마주쳤다. 괜히 머쓱했다. 왜지? 이상하다 싶었는데, 현실의 사람들을 대면한다는 게 왠지 낯설었던 것 같다.

진료비 총 2,500만 원, 내가 낸 돈은 0원

수납을 위해 번호표를 뽑고 수납처 앞 의자에 앉아 기다렸다. 내 차례가 왔고 번호표를 내밀었다. 수납 담당자분께서 열심히 키보드를 두들기고 나니 영수증이 프린터에서 나왔다. 영수증에 찍힌 금액은 상상을 초월했다.

의료비 총액 2,500만 원.

환자 부담비 360만 원.

병실에 앉아서 하루에 50만 원씩을 쓴 셈이다. 눈이 돌아갈 뻔했지만, 다행히 나에게 청구되지는 않았다. 금액 하단에는 '후불'이라고 쓰인 내역이 있었다. 안도의 한숨을 내쉬었다. 2,500만 원짜리 영수증을 고이 접어 가방에 넣었다.

병원을 나서며 뒤를 돌아보았다. 국립중앙의료원 본관 옥상에는 태극기가 펄럭이고 있었다. 새삼 애국심이 차올랐다. 국민건강보험의 위력은 실로 대단했다. 코로나 확진과 입원, 퇴원의 전 과정에서 한국 의료시스템의 우수성과 효율성에 감탄하고 감사했지만, 굳이 세어봐야지 알 수 있는 몇 자릿수의 금액을 눈으로 직접 확인하니 이게 바로 피부로 느끼는 복지구나 싶었다. 이와 관련된 내용을 굳이 검색해서 확인해보니 더 감사하기 이를 데 없었다.

명실상부 대한민국의 국민건강보험(이하, 건강보험)은 이미 수많은 나라들이 벤치마킹하는 꽤나 높은 수준의 사회보장제도다. 대한민국의 국민은 물론 국내 거주 및 체류 중인 외국인은 정부가 운영하는 건강보험에 가입하면, 병의 종류와 의료 서비스에 따라 지정된 요율에 맞춰 치료비용의 상당액을 보험이 보장하고, 나머지를 개인이 부담한다. 하지만 코로나19는 감염병의 예방 및 관리에 관한 법률(감염병 예방법)에 의거해 건강보험공단이 80퍼센트, 국가·지방자치단체가 20퍼센트를 부담하도록 되어 있다.

입원 동안 진행된 검사와 약 처방에 대한 요율이 다른 탓인지 영수증 전체금액에서 환자(라고 쓰고 정부라고 읽자) 부담액이 360만 원으로 찍혀 있었다. 하지만 이마저도 감염병 예방법에 따라 건강보험공단과 국가 및 지자체가 알아서 정산을 하는 것인지

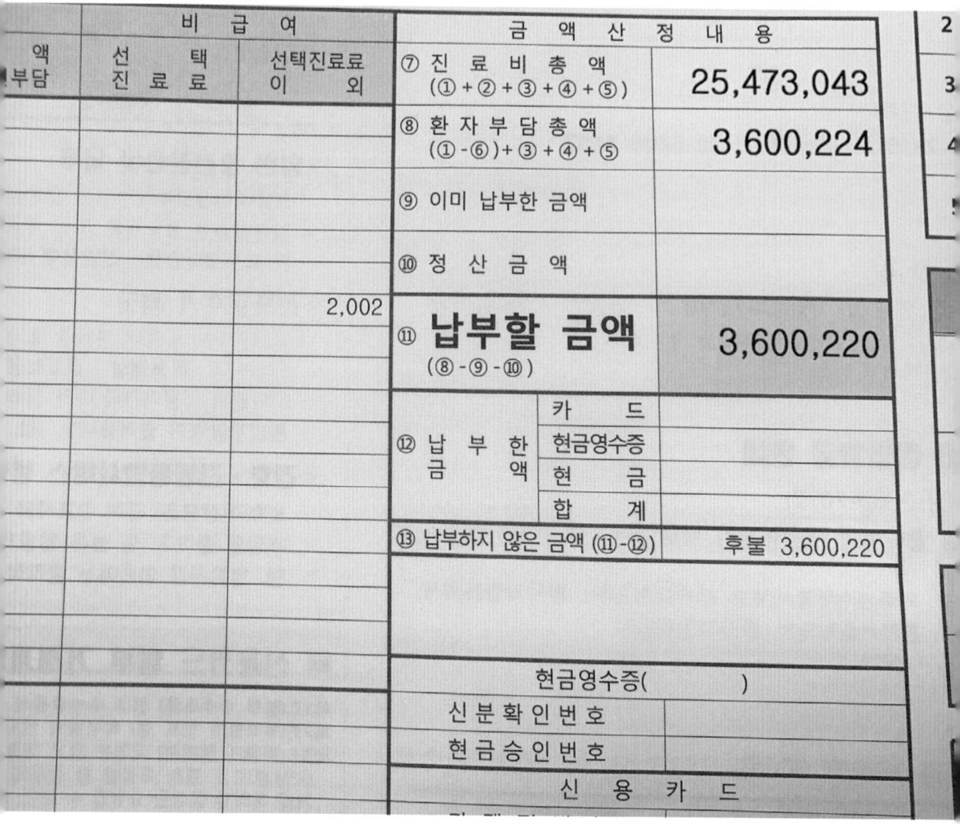

액 부담	비급여 선택 진료료	비급여 선택진료료 이외
		2,002

금액산정내용	
⑦ 진료비 총액 (①+②+③+④+⑤)	25,473,043
⑧ 환자부담총액 (①-⑥)+③+④+⑤	3,600,224
⑨ 이미 납부한 금액	
⑩ 정산금액	
⑪ **납부할 금액** (⑧-⑨-⑩)	3,600,220
⑫ 납부한 금액 – 카드	
⑫ 납부한 금액 – 현금영수증	
⑫ 납부한 금액 – 현금	
⑫ 납부한 금액 – 합계	
⑬ 납부하지 않은 금액 (⑪-⑫)	후불 3,600,220

현금영수증( )	
신분확인번호	
현금승인번호	
신용카드	

진료비 청구서.

이렇게 숫자로 봐야 건강보험의 위력을 느낄 수 있다.

'후불'이라는 항목으로 빠졌다. 그래서 내가 낸 돈은 0원이었다. 앞으로 세금을 더 열심히 내서 보답해야겠다.

환자분, 의리 있네요!

병원을 나오자마자 보이는 스타벅스를 그냥 지나칠 수 없었다. 다시 도시로, 일상으로 복귀했으니 바쁜 현대인과 도시남녀의 상징과도 같은 테이크아웃 잔에 담긴 커피를 마셔야 할 것만 같았다. 그래야 내가 사회로 돌아온 사실을 충분히 느끼고 축하할 수 있을 것 같았다. 카운터로 가서 커피를 주문하는데, 순간 간호사 선생님들의 얼굴이 떠올랐다.

커피를 받아 들고 다시 병원으로 들어갔다. 체온을 재고 질문지를 작성했다. 체온은 이제 정말 그만 측정하고 싶었다. 격리병동으로 올라가기 위해 보안 직원의 확인을 받았다. 유리문을 두드려 간호사 선생님을 불렀다. 문이 열리고 나를 본 선생님은 깜짝 놀라 왜 다시 왔냐는 눈치였다.

커피를 쥐어 드리며 그동안 정말 감사했다고 말씀드렸다. 선생님은 다른 간호사 선생님들을 불러내어 커피를 전달하며 나에게 "환자분, 의리 있네요! 축하드려요!"라고 말씀하셨다. 다 선생님들 덕분이라고 말씀드리고 진짜로 간호사실을 나섰다.

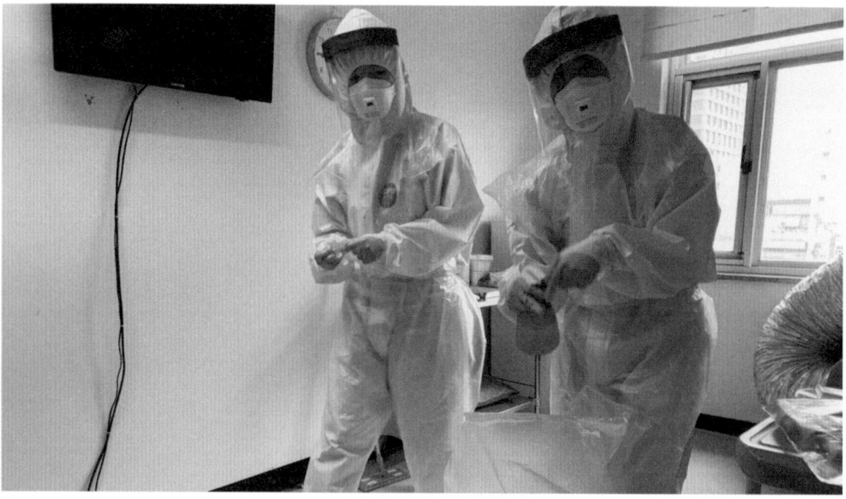

'이제는 더 이상 볼 일이 없겠지?' 하는 아쉬움이 들면서 동시에 지금도 여전히 바이러스와 싸우고 있을 것을 생각하니 미안한 마음이 커진다.

첫 끼로 뭘 먹어야
맛있게 먹었다고 할 수 있을까?

병원을 나서니 배가 고팠다. 허기진 배를 부여잡고 시간을 보니 오후 12시 30분이었다. 지난 50일 동안 이 시간에 규칙적으로 점심을 먹어왔기에 배꼽 시계의 알람은 정확했다.

마스크를 고쳐 쓰고 병실 창문을 통해 매일 보았던 현대시티 아울렛으로 향했다. 지하 푸드코트로 내려가 메뉴 하나하나를 뜯어보았다. 퇴원 후 먹는 첫 끼인 만큼 먹고 싶은 것은 많지만 그중 가장 먹고 싶었던 것으로 엄선해서 맛있게 먹어보고 싶었다. 그렇게 고심 끝에 고른 메뉴는 삼겹살이 나오는 반상 메뉴였다. 레귤러 사이즈로는 안 될 것을 본능적으로 깨닫고, 당연하고 당당하게 라지를 주문했다.

두근거리는 몇 분의 기다림 끝에 지글거리며 윤기를 뽐내는 삼겹살과 각종 반찬이 한 불판에 올라간 식사 한상이 나왔다. 받자마자 숨도 쉬지 않고 순식간에 먹어치웠다. 지극히 일상적인 모습에 이렇게 감탄하며 행복해하는 내 모습이 낯설고 우스꽝스럽게 느껴졌다. 하지만 괜찮았다. 나는 코로나를 이겨냈고, 이렇게 살아있으니 말이다.

50일간의 코로나 격리 입원 후 그렇게 가고 싶었던 집으로

50일간의 징글징글했던 병원 생활을 한 국립중앙의료원.

그리고 드디어 되찾은 일상.

돌아가는 길이었다. 그때까지만 해도 이 길고 긴 싸움의 끝에 또 다른 싸움이 기다리고 있을 줄은 미처 상상도 못 했다.

바이러스와의 싸움 뒤, 이제는 세상과 싸워야 했다

퇴원 후 첫 식사를 마친 뒤, 집으로 향하기 위해 어떤 교통수단을 이용할까 고민했다.

'택시를 탈까? 지하철을 탈까? 버스를 탈까?'

평소 같았으면 별 고민도 안 했을 것을 한동안 길 한복판에서서 고민하고 있었다. 버스 정류장과 지하철역 입구, 택시 정류장 사이에서 갈팡질팡하다 끝내 버스를 선택했다. 두 달 가까이 보지 못했던 한강을 보고 싶었기 때문이다.

정류장에 서서 버스를 기다렸다. 얼마 지나지 않아 집으로 향하는 버스가 도착했다. 병원에 있는 동안 한동안 쓰지 않았던 마스크를 꼼꼼히 썼다. 버스에 올라 교통카드를 찍고 한강이 가장 잘 보일 것 같은 창가 자리에 앉았다. 버스는 광희동을 거쳐 남산공원 입구를 지나 한강진역을 지났다. 한남오거리에 이르자 눈앞에 한남대교가 보였다. 버스는 한남대교를 향해 나아갔다.

마침 날씨도 좋았다. 마치 내 퇴원을 축하하는 것처럼…. 초여름의 햇빛은 강물 위에서 눈이 부시도록 부서지고 있었다. 버스가 한강을 반쯤 지났을 때 그간의 고생이 주마등처럼 지나갔다. 문득 내가 대견했다. '퇴원해서 다행이다. 고생했다'며 나를 칭찬했다.

신사동을 지나 강남에 다다라 집 근처 정류장에 이르렀을 즈음, 안내 방송이 나오자마자 기다렸다는 듯이 버튼을 눌렀다. 짐을 챙겨 들고는 다시 교통카드를 찍고 버스에서 내렸다.

50일 만에 만난 동네는 가로수들의 녹음이 짙어졌고, 거리를 걷는 사람들의 짧아진 옷에서 시간의 변화를 느꼈지만, 그 외에는 변한 게 없어 약간의 안도감이 들었다. 모든 것은 여느 때와 다름없이 흘러가고 있었다. 그저 나만 잠시 궤도에서 멀어져 있었을 뿐, 그것을 증명하기라도 하듯 내 옷은 여전히 늦봄에 머물러 있었다.

길을 건너 집을 향해 걸었다. 걷고 또 걸어 집 앞에 도착하니 룸메이트가 집 앞에서 담배를 피우고 있었다. 아직 나를 보지 못한 듯했다. 조용히 걸어가서 눈앞에 섰다. 룸메이트는 스마트폰을 뚫어져라 보다가 인기척을 느끼고는 나를 바라봤다. 그러고는 반가움에 놀라며 나를 와락 안았다.

"You are back(드디어 돌아왔네)!"

나에게 뛰어들듯 안긴 친구를 높이 들어 한 바퀴를 돌았다. 말로 형용할 수 없는 반가움이 차올랐다. 친구는 당연하다는 듯이 나를 데리고 집으로 올라갔다. 집 문 앞에 서서 문을 열려고 하는데 갑자기 주저되었다. 도어락 비밀번호가 떠오르지 않았다. 맙소사 내가 설정한 비밀번호가 떠오르지 않다니. 순간 멍해졌다. 룸메이트는 그 순간 잽싸게 내 앞을 치고 들어오더니 비밀번호를 눌러 집 문을 열었다. 그러고는 내 손목을 끌고 들어가서 내 방문을 열며 여기를 보라고 했다. 내 방은 깨끗하게 치워져 있었다. 입원 당시 구급차가 일찍 도착하여 급하게 나가느라 난장판으로 해놓고 나간 것을 기억하기에 룸메이트가 이 방을 치우느라 혼자 고생했을 게 보였다. 몇 마디 모르는 불어를 동원해서 고맙다고 말했다.

방을 두리번거리며 에어컨 리모컨을 찾았다. 50일 동안 한 번도 틀어보지 못한 에어컨을 켜 희망온도를 18도로 설정했다. 에어컨 앞에 서서 18도의 시원한 바람을 맞으며 일상으로의 복귀 축하 세리머니를 했다.

퇴원했지만 사회가 여전히 나를 격리시켰다

에어컨 바람을 맞으니 퇴원이 실감 났다. 이제 일상에 복귀하기 위한 나름의 절차를 밟아야 했다. 먼저 인사팀 팀장에게 전화를 걸었다. 병원에서 퇴원하고 격리 해제가 됐다는 것을 설명하고, 언제부터 출근하면 좋을지 이야기를 나누려는 참에 팀장이 담담한 어조로 말했다.

"병원에서 고생하셨어요. 그런데 회사에 있는 사람들이 지호 씨로 인해 코로나에 옮을까 봐 두려워하네요. 그래서 말인데 우선 재택근무를 3주 정도 더 하는 게 좋을 것 같아요."

순간 말을 잇지 못했다. 멍해졌다. 나오지 말라고? 50일 동안 병원에서의 생활을 마무리 짓고 나는 분명 '격리 해제' 통보를 받고 퇴원했다. 일상을 꿈꾸며, 다시 출근길에 오르는 것을 기대하며 퇴원했다. 7주 넘는 기간 동안 사회에서 단절되어 있으면서 치료에 전념했고, 이제 의학적으로 사회로 돌아갈 수 있는 조건에 부합했다. 엄밀히 따지고 보면 오히려 다른 이들에게 더 안전한 존재이고, 상대적으로 더 안전한 상태인 게 맞다. 하지만 회사는 나에게 혹시라도 '사람들에게 바이러스를 옮길 수 있으니 집에 있는 게 맞다'라고 하는 것이 아닌가.

억울했다. 7주간의 지리멸렬했던 병원 생활의 끝에 이른 그날, 나는 또 다른 절벽 위로 떠밀린 기분이었다. 착잡한 기분을 추스르고 인사팀 팀장에게 말했다.

"의사 선생님도, 질병관리청도 사회로 바로 복귀해도 된다고 하는데, 제가 꼭 집에서 근무를 해야만 하는 이유가 있나요?"

인사팀 팀장의 답은 간단했다.

"사람들이 무서워하고, 두려워하기 때문에 어쩔 수 없어요. 마땅한 지침도 없고, 정부의 가이드라인이 없기 때문에 회사에서 마련한 지침은 이러하니 양해해주세요."

7주 이상을 쉬었는데 재택근무를 하려면 대체 어떻게 일을 하라는 건지 이해할 수 없었다. 업무에 대한 인계도 받아야 하고, 싱크도 맞춰야 하는데, 답답하고 착잡했다. 궁금해졌다. 도대체 누가, 왜, 무엇을 두려워하는지…. 그래서 물어보았다.

"다른 저의가 있어서 그런 건 아니고, 대체 누가 그렇게 두려워하나요?"

잠시 머뭇거리는 듯하다 전화 너머로 들려오는 목소리.

"회사 내 임산부들이나 아이가 있는 분들이 대표적이에요. 심지어 지호 씨가 회사로 복귀하면 휴가를 가겠다는 분들도 있어요."

눈물이 고였다. 이런 상황에서조차 재수 없게 이성적인 내 머

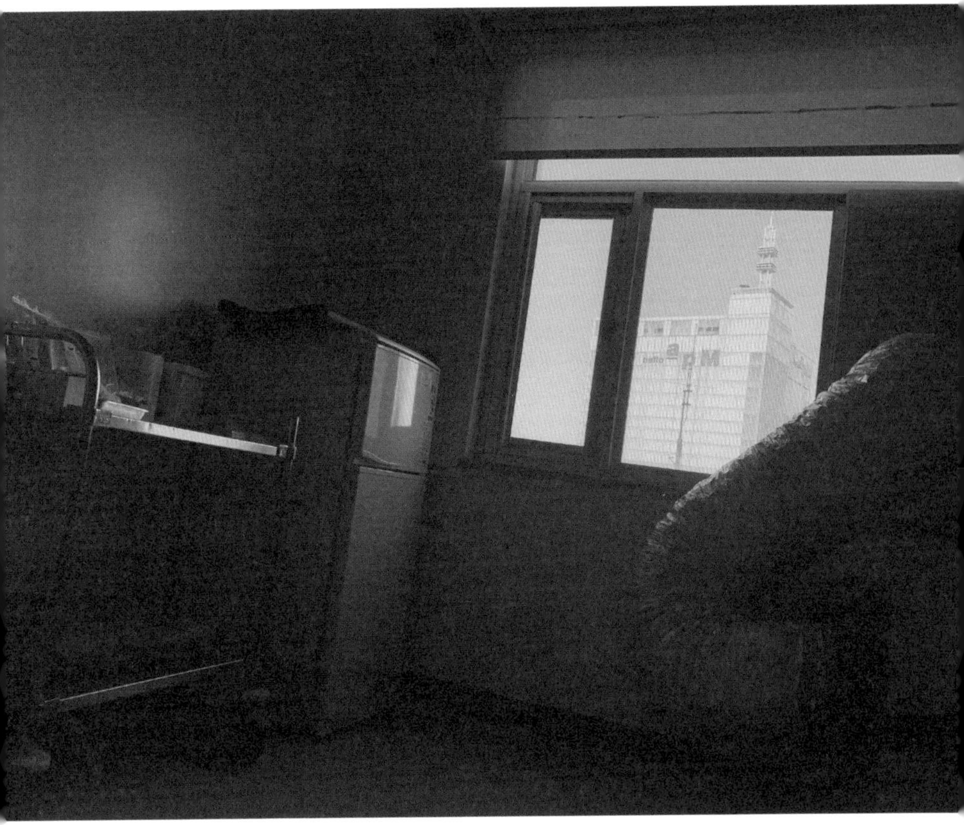

퇴원 후에도 여기저기 통화를 반복한 탓에

여전히 격리병동에 갇혀 있는 기분이었다.

리는 '사람들의 두려움을 어쩌겠냐?'라며 내 어깨를 토닥였지만 내 마음은 갈기갈기 찢긴 기분이었다. 하지만 마음 한편에서는 이해가 되었다. 부모의 마음. 그건 어떤 마음보다 더 크고 깊기에 그 걱정이 십분 이해가 되었다. 알겠다고 말하고 통화를 마무리 지었다.

하지만 허탈했다. 50일간의 사투가 수포로 돌아가는 기분이었다. 머리가 복잡해져서 더 생각하고 싶지 않았다. 거울을 보았다. 통통하게 불어난 내 얼굴을 보았다. 긍정회로를 돌려야 했다. 이렇게 된 김에 재택근무를 하면서 운동도 다시 시작해야겠다고 생각했다.

몇 년째 함께 운동하던 퍼스널트레이너에게 카톡을 보냈다.

"선생님! 저 드디어 퇴원했어요. 병원에 입원해 있는 동안 살이 쪄서 좀 빼야 할 것 같아요. 운동 일정 좀 잡아주시겠어요?"

한참 답을 기다리다 카톡 대화창을 보니 1이 사라져 있었다. 그리고 또 한참이 지나서야 답장이 왔다.

"확진자의 운동 가능 여부를 경영진과 확인하고 연락드리겠습니다! 워낙 민감한 시기이고, 최대한 위험을 줄이기 위해서 가능 여부 확인 후 알려드리겠습니다."

'이건 또 무슨 소린가? 내가 위험하다는 말인가? 이미 완치돼서 나왔는데 위험하다고?'라는 생각이 머릿속에서 커져갔다. 얼마 지나지 않아 내 이성에 부하가 걸렸다. 이렇게 연속으로 맞으니 화산이 폭발할 수밖에 없었다. 스마트폰을 침대로 던져버렸다. 스마트폰은 침대의 탄성에 튕겨서 침대와 벽 틈 사이로 떨어졌다. 억울한 마음에 베개도 던지고, 매트리스도 주먹으로 연신 쳐댔다.

사회가 또 날 밀쳐내고 있었다. 이번에는 절벽 아래로 떨어진 기분이었다. 돈을 받고 다니는 회사야 그렇다 쳐도 시간당 수만 원을 지불하는 퍼스널트레이너조차 날 밀쳐내니 좌절감에 휩싸여 어쩔 줄 몰라 그저 내 가슴을 쳤다.

서러웠다. 하지만 아까 그 재수 없는 이성은 또다시 내 등을 토닥이며 '저들도 두려운 걸 어쩌겠냐. 네가 참아'라고 말한다. 내가 미웠다. 그 와중에도 다른 사람을 이해하려 노력하고 있으니 말이다. 물론 내가 덜 상처받기 위함이지만…. 그래도 서글퍼지는 건 어쩔 수 없었다. 내가 그들의 마음에 공감해주어도 그들은 내 선의를 알아주기는커녕 자신들의 안위만 생각하고 있다는 현실에 화가 나고 슬펐다.

"의학적으로 항체가 생겨 상대적으로 안전한 저를 요주의 대상으로 여기고 주의를 기울일 것이 아니라, 잠재적 전파자가 될 수 있는 다른 일반 회원분들께 주의를 기울이는 게 맞다고 생각해요. 하지만 트레이너님의 상황도 이해가 되기 때문에 경영진

분들의 결정을 기다릴게요."

최대한 차분하게 예의를 갖춰 이성적으로 답장을 보낸 후 어떠한 답변을 받기도 싫고, 두렵고, 짜증이 나 스마트폰을 비행기 모드로 맞춰놓았다. 그리고 옷장과 서랍을 모두 뒤집어엎었다. 룸메이트가 정리해둔 방은 순식간에 다시 난장판이 되었다. 그리고 나는 그 물건들을 다시 정리하기 시작했다.

그로부터 2주가 지나서야 겨우 스케줄을 잡아 오랜 기간 굳은 몸을 풀고 다시 운동을 시작할 수 있었다. 하지만 나는 여전히 내가 왜 그들에게 위협을 가하는 존재가 되고 말았는지, 그러다 왜 갑자기 더 이상 위험한 존재가 아니게 되었는지에 대한 설명을 듣지 못했다.

이에 덧붙여 나에게 재택근무를 3주간 진행하라던 회사는 나에게 조심스레 '회사 밖에서 조금 더 자유롭게 일해볼 것'을 권했다. 전후 상황을 충분히 설명하기에는 그 이야기가 너무 길고 복잡해서 모두 설명할 수는 없지만, 결론적으로는 '회사 사람들로부터 내가 신뢰를 크게 잃어 이런 제안을 할 수 밖에 없다'고 했다. 나는 긴 고민 끝에 그렇게 하기로 하고 회사를 떠나게 되었다.

내게는 코로나 항체가 생겼지만, 사람들에게는 두려움에 대한 항체가 없었다

인간의 면역 시스템은 바이러스와 싸운 뒤 항체를 남긴다. 코로나바이러스에 감염된 환자는 약을 먹어 바이러스를 잠재우는 게 아니라 온몸이 오롯이 바이러스와 싸워 항체를 만들어 이겨낸다. 감기 역시 200여 개가 넘는 각기 다른 바이러스로 인해 걸리며 약을 먹거나 민간요법을 통해 바이러스를 이겨낸다. 그 과정에서 항체가 생길 수도 있다. 독감에 걸려 인플루엔자 바이러스에 감염되면 몸이 바이러스와 싸워 항체를 만들어내 이겨낸다. 그 과정에서 열이 나기도 하고 기침을 하기도 하며 콧물, 오한, 근육통 등의 증상을 느끼기도 한다. 어떤 바이러스인지, 어떤 기저질환을 가지고 있는지에 따라 각기 다른 합병증(코로나를 예로 들면 폐렴, 혈액 응고 등)이 발생할 수도 있다. 그리고 그 장렬한 싸움에서 이겨 살아남은 자들의 결과는 해당 바이러스에 면역이 되는 것이다. 만약 바이러스에 진다면, 그 결과는 굳이 말하지 않겠다.

나는 그렇게 코로나바이러스와의 싸움에서 이겼다. 그것도 홀로 50일이나 격리된 채로 말이다. 하지만 전에 없던 코로나바이러스의 창궐 앞에 인간의 마음속 깊은 곳에 자리하고 있는 두려움이라는 또 다른 이름의 바이러스가 '이성'이란 숙주에서 터져 나와 무서운 속도로 퍼져나가고 있었다. 이 두려움이라는 바이러스는 외적 요인에 의해 다양한 변이를 나타냈다. 이 녀석에 감염된 사람들은 본능적으로 자신을 보호하기 위해 공격적 방어 태세를 취한다. 때로는 무고한 이들까지도 해치려 든다. 그리고 두려움이라는 이름으로 모든 것을 정당화하고 합리화한다.

나는 코로나에 걸렸고, 이를 이겨내면서 항체가 생겼다. 하지만 코로나에 걸리지 않은 사람들은 두려움이라는 바이러스에 걸려 코로나에 걸린 이들이나 자신의 두려움을 자극하는 이들에게 돌을 던지고, 칼을 휘두른다. 두렵다는 이유로….

전혀 새롭지 않은 사실은 부지불식간에 퍼지는 이 두려움이라는 바이러스에는 백신도, 치료제도 없다는 것이다.

나 때문에 격리된 사람들과 그들의 배려

병원에 있는 동안 내가 유독 먹고 싶었던 것 중에 하나가 바로 맛있는 술이었다. 술 마시는 것을 즐기지는 않지만 왠지 모르게 술이 당겼다. 사람이 그리웠기 때문일까? 퇴원한 지 이틀째 되는 날 저녁, 내가 제일 좋아하는 집 근처의 바로 향했다. 바의 이름이 조금 특이하다. 장생건강원. 문을 열고 들어가니 반기는 바텐더들의 목소리가 들렸다.

"안녕하세요! 장생건강원입니다! 어? 오랜만이에요. 퇴원하셨군요!"

내가 몰랐던 이야기

바텐더에게 진토닉을 한 잔 주문했다. 마스크를 꼼꼼히 쓴 바텐더들을 보며 다행이라고 생각했다. 술을 만드는 모습을 보니 이제라도 그들에게 내가 코로나에 걸렸었다는 사실을 말해야겠다 싶었다. 그들은 걸리지 않았으면 하는 마음에, 어쩌면 누군가에게 그간의 일을 하소연하고 싶은 마음에….

"저 사실은 코로나로 50일 동안 입원해 있다 왔어요."

이 이야기를 하면 '코로나'라는 말에 놀랄 줄 알았는데, 바텐더는 다른 지점에서 놀라는 듯했다.

"벌써 50일씩이나 됐나요? 고생하셨네요!"

마치 내가 코로나에 걸렸다는 것을 아는 것처럼 의연하게 답했다. 다른 이들과는 어쩐지 다른 반응이었다. 의아해서 되물었다.

"제가 코로나에 걸린 거 아셨어요?"

그랬더니 고개를 끄덕이는 그녀. 나는 마음이 덜컹 내려앉았다. 어떻게 알았던 거지? 소문이 난 건가? 뭐지? 왜? 별의별 생각이 다 들었다. 그녀가 말을 이었다.

"아 그게, 저희 중 일부가 자가격리되었거든요. 저를 포함해서요, 하하하."

마음이 바닥에 내려앉다 못해 땅 밑으로 꺼지는 기분이었다. 설마 나 때문에 이렇게 된 것인가 싶었다. 기억을 더듬어봤다. 추적했던 동선에 바가 있었다는 것이 기억났다. 당시에도 주문할 때와 마실 때를 빼고는 마스크를 쓰고 있었던 것으로 기억하기에 바텐더분들에게는 큰 영향이 없을 것이라고 생각했다. 그리고 역학조사관도 크게 문제될 것이 없어 보인다고 했기 때문에 먼저 연락을 취할 생각을 하지 못했다. 하지만 그건 내 생각이었을 뿐 내가 그들을 곤란에 빠트린 셈이었다. 몸 둘 바를 모를 정도로 미안해졌다.

"정말요? 하… 저 때문에 고생 많이 하셨겠네요! 정말 너무 죄송해요!"

그들은 나로 인해 자가격리를 해야 했지만 나에게는 어떤 원망 섞인 말 한마디도 없었다. 그래서 더 미안해졌다. 한동안 말을 잇지 못하던 내게 바텐더가 말했다.

"에이, 그럴려고 그런 것도 아닐 텐데요. 괜찮아요. 고생하셨어요."

그러고는 내가 주문한 진토닉을 올려주었다. 예상치 못한 따뜻한 어조였다. 컵을 들어 진토닉 한 모금을 마셨다. 오랜만의 술은 썼다.

"어떤 분이 격리되셨어요? 며칠이나 계셨어요? 아, 너무 죄송해요. 저는 그런 줄도 모르고….”

“저랑 테드, 두 명이요. 11일 정도 했어요!”

그녀 특유의 웃음에 내 미안한 마음이 조금 녹아내렸지만, 그래도 설명하기 힘든 복잡한 감정이 커져만 갔다. 미안하고, 감사한 동시에 위로받는 기분이었다.

“아, 제가 너무 늦게 알았네요. 전혀 몰랐어요! 죄송해요.”

불현듯 입원하기 전 장생건강원 오픈 1주년 기념행사 때 사두고 뚜껑도 못 열어본 위스키 한 병이 생각났다. 그 위스키를 꺼내 달라고 했다. 마셔본 적 없는 위스키인지라 위스키에 대한 설명도 부탁드렸다. 바텐더는 선반에서 위스키를 꺼내 조곤조곤 위스키에 대해 설명해주었다. 마치 아무 일도 없었던 것처럼.

고마웠다. 퇴원하고 나서 며칠동안 나는 사방에서 나를 밀쳐내고 자신들의 바운더리에서 배제시키기 바쁜 이들의 차가운 말을 감당해야 했다. 하지만 이 조그만 바의 사람들은 전과 다를 것 없이 나를 대해주고 있었다. 나로 인해 자신들이 직접적인 피해를 입었는데도 불구하고….

내가 그들에게 해줄 수 있는 게 별로 없었다. 앞으로 평생 이곳의 단골이 되어야겠다고 다짐했다. 하루는 술에 취해 너무 고마운 나머지 직원들 마감 식사 자리에까지 껴서 여기는 망하면 안 된다고 한바탕 눈물까지 흘렸다. 집에 와서 이불을 얼마나 걷

“지호 씨 잘못이 아니죠”라는 말로 위로해주던 장생건강원의 바텐더. 그들의 배려에 진심으로 감사하다.

어찼는지 모른다. 하지만 부끄럽지 않다. 내 마음은 진심이었다.

사실 전 별생각 없었고,
당장 월세를 어떻게 내야 할지 걱정되더라고요.

하루는 내가 자주 가는 미용실의 헤어디자이너를 장생건강원에 데리고 갔다. 이 사람도 나로 인해 격리되었던 사람 중 하나다. 하지만 장생건강원의 바텐더들과는 달리 헤어디자이너가 격리되었다는 사실을 입원 중에 알게 되었다. 입원 초기 그녀와 카톡을 했기 때문이다.

그녀에게 머리를 맡긴 지는 벌써 2년이 넘었다. 다른 미용실을 도저히 갈 수 없을 정도로 나에게 가장 어울리는 머리를 알아서 해준다. 입원 전 머리를 하며 이런저런 이야기를 나누다가 손님들에게 나눠줄 할인 쿠폰 등의 디자인 작업을 해주기로 약속했었다.

입원 중 하루는 새벽이 늦도록 잠들지 못했다. 그러다 입원 전 헤어디자이너와의 약속이 떠올라 노트북을 켜 쿠폰을 만들어서 카톡으로 보내줬다. 바로 답장이 왔다. 시계를 보니 새벽 4시 37분이었다.

"안 주무시고 뭐 하세요? 저 2주… 격리입니다."

그때 처음으로 헤어디자이너의 격리 사실을 알았다. 헉 하고 놀란 나머지 다른 말을 차마 하지 못하고 그저 "허허허" 하고 웃는 답장을 보냈다. 하지만 그녀는 나처럼 웃지 않았다.

"이게 대체 어떻게 된 거죠? 이게 무슨 일이냐고요!!"

그녀의 말은 38도가 넘는 고열과 부족한 잠 때문에 예민해진 나를 갑자기 코너에 몰아세우는 느낌이었다. 나 때문에 자가격리를 하게 되었다고 대놓고 탓하는 것 같았다. 대체 내가 뭘 어쨌다고. 입원 초기부터 주변 사람들에게 원망과 책망의 목소리를 들었기 때문인지, 증상에 시달리느라 예민해졌기 때문인지 순간 나도 모르게 욱해서 메시지를 퍼부었다.

"이렇게 탓하시는 건 제가 좀 듣기가 거북해서요. 첫 번째로 저도 굉장히 이해할 수 없고 속상한 상태예요. 제 주변인들은 하나도 빼놓지 않고 음성인데, 저만 양성이거든요. 둘째로 어떻게 그럴 수 있냐고 물어보시는 건 대체 의도가 무엇인지 도무지 이해가 안 되는데 무슨 질문이 그런 거죠? 셋째로 지금 이렇게 반응한다는 의미는 제가 지금 이 상황을 만들었다고 책임을 지우시려는 것 같은데…. 그건 좀 아닌 것 같아요. 이 상황에 대해서 유감이긴 합니다만, 냉정하게 앞뒤 다 곰곰이 따져보면서 보내신 메시지를 보는데 상당히 불쾌하네요."

지금까지 받았던 스트레스 때문에 그동안 쌓였던 감정을 나도 모르게 그녀에게 다 쏟아내고 말았다. 그것도 새벽 5시에. 하지만 생각할수록 화가 났다. 열이 올라서 냉장고에서 냉수를 꺼내 벌컥벌컥 들이켰다. 하지만 곧 후회가 밀려왔다. 따지고 보면 그녀도 갑작스레 자가격리를 당해서 당황스러운 상태일 텐데, 그나마 전후 사정을 파악하고 있는 내가 조금 참아야 하지 않았나 하는 뒤늦은 후회가 밀려왔다. 재빨리 사과하기로 마음먹고 메시지를 적어 내려갔다.

"우선, 먼저 사과할게요. 보내신 메시지 내용이 저한테 책임을 지우시는 것 같아서 마음이 편하지 않았어요. 이동 동선에 미용실이 있어서 마음에 걸리던 찰나에 갑자기 대뜸 '어떻게 그럴 수가 있냐'라고 말씀하시니 제 속에 있던 억울함이 같이 쏟아져 나왔네요. 이 부분에 대해서는 미안하게 생각해요. 동시에 저 때문에 자가격리된 건 유감스럽지만… 서로 운이 없었던 거라고 생각했으면 좋겠어요. 완치되고 나가서 식사 한 번 살게요. 그리고 다시 한 번 감정이 실린 말을 폭포수처럼 왈칵 쏟아내서 선생님을 당황하게 만든 것 사과드릴게요."

그리고 짧게 돌아온 그녀의 메시지.

"건강이 우선이니까요. 얼른 털고 나오길 빌겠습니다."

이렇게 마무리를 지었지만 내내 미안한 마음이 가슴 한구석에 남아 있었다. 며칠 후, 외국에서 유학하다가 들어온 친구가 머리를 자르러 갈 만한 곳을 묻길래 그녀가 생각나 추천해줬다. 혹시 이렇게 추천해주면 그녀로부터 먼저 연락이 오지 않을까 싶었다. 친구 녀석에게는 일부러 '내가 보냈다고 말하라'고 부탁했다.

그날 저녁 연락이 올까 싶었지만 결국 오지 않았다. 단단히 화가 난 거라 생각했다. 미용실을 옮겨야 하나 싶었다. 퇴원하면 어느 미용실로 옮겨야 할지 찾아보기까지 했다. 그렇게 입원해 있는 동안 냉가슴을 앓았다.

퇴원 후, 집으로 돌아와 거울 속에 비춰본 내 꼴은 말이 아니었다. 살도 찐 것 같고, 머리도 통제 불가능 그 자체였다. 모자가 없으면 손을 쓸 수 없는 상태였기에 항상 모자를 쓰고 다녔다. 결국 한계에 달하자 미용실을 가야 했는데, 헤어디자이너에게 연락을 취할 용기가 나지 않았다. 내가 퍼부은 말의 무게가 나를 짓누르는 것 같았다.

거울에 비친 내 모습을 볼 때마다 하루라도 빨리 그 무게를 이겨내야 사람의 몰골로 돌아갈 것만 같았다. 그래서 헤어디자이너에게 직접 전화하지 않고 미용실로 전화해서 예약하는 우회 전술을 쓰기로 했다.

전화로 예약을 마치고 미용실로 찾아갔다. 문이 열리고 미용실에 들어서니 그녀가 나를 덤덤하게 반겼다. 나도 괜히 머쓱해서 고개를 푹 숙이고 들어갔다. 짐을 맡기고 자리에 앉았다.

"지난번에는 죄송했어요."

앉자마자 건넨 한마디. 그녀는 "괜찮아요"라고 답하고 언제나처럼 머리를 해주기 시작했다. 얼마 지나지 않아 그녀가 조심스레 나에게 물었다.

"많이 아팠어요?"

단순한 호기심인가, 아니면 나를 정말 걱정하는 질문인가? 사실 그건 중요하지 않았다. 그녀의 한마디는 나에게 미안함과 고마움이 미묘하게 섞인 감정을 주기에 충분했다. 그로 인해 불편했던 마음을 털어놓을 기회가 열렸다. 한 시간 반 정도 머리를 하며 이런저런 이야기를 나누었다. 생각이 꼬리에 꼬리를 물다가 문득 그녀가 나와 같은 동네 주민이라는 것이 생각났다.

"쌤, 퇴근하시고 술 한잔하실래요? 제가 맛있는 술 살게요!"

"어? 저 많이 마시는데? 괜찮아요?"

예상치 못한 답이었다. 나도 모르게 헛기침이 나왔다. 상관없으니 끝나고 연락을 달라고 했다. 집으로 돌아와 한 시간쯤 기다리니 그녀에게서 근무가 끝났다고 연락이 왔다. 장생건강원의 위치를 찾아 답장으로 링크를 보냈다. 마침 그녀도 아는 곳이라고 했다.

바에 도착 후, 장생건강원의 오너 바텐더에게 곧 일행이 온다고 말한 뒤 진토닉을 주문했다. 내가 근래 푹 빠진 르진(Le Gin)을 베이스로 하고 가니쉬로 라임을 넣어 주문했다. 몇 분 후, 그녀가 문을 열고 들어왔다. 어떤 술을 좋아하냐고 물으니 그녀는 무겁고 스모키한 느낌의 술을 좋아한다고 했다. 바텐더는 여러 위스키 중 탈리스커를 추천해주었다. 그러고는 벽장에서 술을 꺼내어 니트 잔에 따라 나와 그녀에게 건넸다. 한 모금 마셨다. 살짝 썼지만 맛있었다.

"그날은 사실 별생각 없이 메시지를 했어요. 저도 그냥 당황스러워서 '어떻게 된 일이죠?'라고 한 건데, 뭔가 다르게 받아들이시는 것 같더라고요. 그래서 이후에 별말을 하지 않았고요."

그녀가 말했다.

그때의 기억을 곱씹어봤다. 양성 판정을 받은 뒤, 역학조사관과 수 시간을 통화하며 내 동선을 분 단위로 꼼꼼히 설명했다. 열이 끓고 있었지만 이어서 구청 담당자와도 통화를 하며 병원에 입원하기 위한 안내를 받았다. 그 와중에 틈틈이 룸메이트에게 안내받은 사항을 영어로 설명했고, 동시에 폐기해야 할 쓰레기와 병원에 들고 갈 짐을 정리하느라 혼이 쏙 빠져 있었다. 그러고는 황급하게 들이닥친 구급차에 죄인 마냥 얼굴을 숨기고 뛰어갔다. 정신없이 입원을 마친 뒤 고열에 지쳐 간신히 정신을 부여잡고 회사 여러 담당자들에게 몇 번이고 상황을 반복해서 설명해야 했다. 가족에게도 상황을 설명했다. 그 외에도 나로 인해 피해를 입었는지, 안 입었는지 알 수 없는 잠재적 피해자들과 통화를 반복하고 수화기 너머로 머리를 조아렸다. 그들도 당황스러웠겠지만, 나는 더 당황스럽고 정신이 없었다.

그러던 중 고열로 잠들지 못하던 새벽 4시에 본 헤어디자이너의 "이게 어떻게 된 거죠?"라는 메시지는 내 안의 잠들어 있던 화산을 터뜨려버렸다. 나도 이게 대체 어떻게 된 것인지 알 수 없어 답답했다. 나도 울부짖으며 누군가에게 던지고 싶었던 질문이었다. 나도 이 망할 바이러스의 피해자인데, 양성 판정을 받았을 때부터 계속 내게 물으니 답답함이 쌓여 화가 치밀어 올랐다. 나조차 누구에게도 물어볼 수 없었던 질문이었기 때문이다. 하필 그때 그녀가 나랑 메시지를 했다는 이유로 그 답답함과 억울함, 분노를 모조리 받아야 했다. 그녀가 말을 이었다.

"음… 그리고 저는 프리랜서예요. 월급을 받는 게 아니고 손님을 받은 만큼 돈을 벌거든요. 그런데 자가격리를 시작하면서 미리 잡은 예약을 모두 취소해야 했어요. 자가격리로 2주를 쉬어버리니 월급이 그만큼 빠져버리는 상황에 처하게 되었고요. 그러다 보니 사실 전 별생각 없었고, 당장 월세를 어떻게 내야 할지 걱정되더라고요."

머릿속이 하얘졌다. 전혀 생각해보지 못한 문제였다. 나야 월

급쟁이고, 정부에서 유급휴가 비용을 지원해주어 월세나 당장 다음 달에 나갈 카드값을 걱정하지 않아도 되었지만 그녀에게는 다른 세상의 이야기였던 것이다.

“거기까지 생각을 못 했네요. 전혀 몰랐어요. 너무 죄송해요.”

다른 말이 떠오르지 않았다. 사과의 말만 떠올랐다. 그 부분은 전혀 몰랐다고, 미안하다고 몇 번이고 사과했다. 그녀는 ‘다 지난 이야기고 건강하게 잘 퇴원했으면 된 것’이라며 이해해줬다. 고마웠다. 앞으로 평생 선생님에게만 머리를 맡기겠다고 다짐했다.

그날 죽도록 마셔댔다. 2차로 닭날개집에서 소주 두 병을 마시니 그녀가 횡설수설하기 시작했다. 그녀의 집 앞까지 데려다주고 집으로 돌아왔다. 집에 돌아와서 가방을 던져놓고 그대로 침대에 쓰러졌다. 얼굴을 파묻고 한숨을 크게 내쉬었다. 가슴을 답답하게 틀어막고 있던 벽인지 돌덩이인지 뭔지 모를 무언가가 가슴속에서 와르르 무너져 내리는 것 같았다.

고개를 조금만 돌리니 나를 배려하는 이들이 있었다. 나는 그저 내게 닥친 절망과 시련을 감당하느라 사려 깊지 못해 그들의 배려를 몰라봤다.

코로나19에 관한 궁금증

이후에는 주변 사람들에게 내가 코로나에 걸렸었다는 사실을 숨기지 않았다. 숨길 이유가 없었다. 나는 코로나바이러스와 싸워 이겨냈고, 그 결과 완치자가 되어 퇴원했기 때문이다. 나는 코로나바이러스에 면역이 되었고 항체가 생겼다. 이런 이야기를 스스럼없이 하다 보니 다양한 이야기를 듣게 된다. 가끔은 이들이 과연 나를 진정으로 걱정해서 하는 말인지, 아니면 그냥 자신의 걱정을 나에게 지어주기 위해서 그런 것인시 알 수 없었다.

퇴원을 축하하기 위해 만난 지인들과의 식사 자리나 커피 자리에서 퇴원 축하를 받기 무섭게 질문들이 쏟아진다. "아팠어?", "병원은 어땠어?", "1인실이었어?", "밥은 어땠어?", "병원비는 얼마나 나왔어?", "정말 향이랑 맛이 안 느껴져?", "어떻게 걸렸어?" 등등 그들이 코로나에 대해 궁금했던 것들을 나에게 물어 본다. 그들에게 나는 이렇게 답한다.

"많이 아팠어?"

— "나는 초기 2주 동안은 38.5도의 고열과 인후통에 시달렸어. 내가 아픈 것을 잘 참는 편이라서 그런지는 모르겠지만 견딜 만했어."

"병원이랑 병실은 어땠어?"

— "1인실을 사용했어. 에어컨은 있었지만 사용할 수 없었고, 선풍기는 없었어. 에어컨을 사용하면 바이러스가 병실 밖으로 실외기를 통해 나가게 되고, 선풍기를 켜면 바이러스가 에어로졸이 되니까 사용해서는 안 되거든. 그리고 초반 5주 동안은 병실에 샤워실이 없어서 수건을 물에 적셔서 몸을 닦아야 했어. 이후에는 병실을 옮겨서 5주 만에 물로 샤워를 할 수 있었지."

"밥은 괜찮았어?"

— "격리 병실이다 보니 음식은 도시락에 나왔어. 병원이라 그런가, 왜 그렇게 코다리가 많이 나오는지 모르겠더라고."

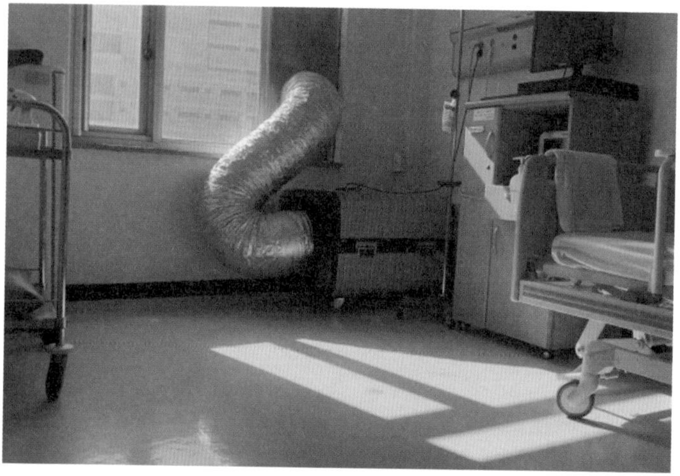

다시는 돌아가고 싶은 않은 공간.

그런데 사진에는 왜 이리 예쁘게 담긴 걸까?

"병원비는 얼마나 나왔어?"

— "총 진료비는 2,500만 원이 나왔고, 본인 부담비는 360만 원이 나왔어. 근데 그것마저도 나라에서 내줘서 실제로는 무상으로 치료를 받았어."

"증상은 어땠어?"

— "내 경우에는 기침은 없었어. 하지만 38.5도의 고열이랑 가래와 인후통이 있었어. 경증인 편이었지. 젊어서 그런 것도 있겠지만, 다른 환자분 이야기를 들어보니 30대 중반의 젊은 남성분은 입원 후 폐렴으로 이어져서 호흡기를 달은 경우도 있다고 하더라고."

"냄새랑 맛이 안 느껴진다던데?"

— "사실 난 너무 잘 느껴져서 병원에서 나오는 밥을 다 맛있게 먹었어. 나도 궁금해서 이런저런 자료들을 찾아봤거든. 향이 안 느껴지는 거는 바이러스가 콧속의 뇌와 연결된 곳으로 흘러 들어가서 뇌의 향과 맛을 관장하는 부위에서 염증을 일으키면 냄새와 맛을 못 느끼게 된다고 하더라."

"약 같은 걸 줘? 수액 같은 걸 계속 놔주고 그래?"

— "사실 내가 중증 환자가 아니라 그런 조치는 없었어. 하지만 열이 나면 열을 낮추기 위한 해열제나 인후통이 있으면 인후통을 가라앉히는 진통제 정도를 주는 게 다였어."

"외부 음식 같은 건 반입할 수 있었어?"

— "원칙적으로는 바이러스 유입이나 환자의 건강 때문에 외부 음식이나 물품 반입은 안 된다고 했었어. 하지만 내가 있던 병실 자체가 좀 노후하고 시설이 좋지 않아서 물품이랑 음식 반입을 예외적으로 허용해줘서 반입이 가능했어. 그런데 이건 아마 병원의 상황에 따라 좀 다른 것 같아. 그리고 하필 내가 입원했을 때 쿠팡 물류센터 확진 사건이 터져서 몇 주 동안은 외부 음식이나 물품 반입이 불가능했었어."

"안에 TV는 있었어? 노트북이나 스마트폰 같은 건 사용할 수 있었어?"

— "내가 뭐 죄수도 아닌데, 그런 걸 제한할 리는 없잖아. 단지 내가 가져간 노트북과 스마트폰은 퇴원할 때 모두 소독해야 했어."

"얼마나 입원했고, 코로나 검사는 얼마나 받았어?"

— "50일 동안 병원에 입원했어. 그리고 검사는 총 스물여섯 번 받은 것 같아. 콧속에 면봉을 넣어서 하는 상기도 검사랑 가래를 뱉어서 하는 하기도 검사 두 가지를 함께 진행했어. 상기도 검사 후기는 많이 들었을 텐데, 콧속으로 들어가는 면봉이 좀처럼 적응이 안 되더라고."

"병원에 있는 동안은 뭐 했어?"

— "처음에는 일을 하려고 하다가 몸이 너무 힘들어서 포기했어. 와이파이도 잘 안 되니까 노트북을 계속 만지기도 힘들었고. 가장 많이 한 건 친구들한테 전화를 거는 거였던 것 같아. 새벽에 잠들지 못할 때면 지구 반대편에 있는 친구들에게 전화하고, 낮에는 한국이나 한국 가까이에 있는 나라의 친구들한테 전화했어. 넷플릭스도 엄청 봤어. 시리즈를 몇 개나 봤는지 모르겠어. 아, 그리고 내 절친이 글을 써보는 게 어떠냐고 해서 글도 쓰기 시작했어."

친구, 형, 누나 등 만나는 사람들 대부분은 이런 질문을 쏟아냈다. 수십 번씩 되풀이되는 질문에 지쳤지만, 내가 그들의 걱정과 불안을 종식시켜줄 수 있는 거의 유일한 사람이란 걸 알기 때문에 그들의 질문 하나도 허투루 대답하지 않았다. 그러면 자연스럽게 최근 확진자 수가 크게 늘어가는 것에 대한 이야기로 화제가 전환된다. 코로나 확진자 통계의 숫자를 보고 한숨을 내쉬는 걸 볼 때면 나는 상대의 턱에 걸쳐 있는 마스크를 가리키며 한 소리를 한다.

"어디 항체도 없는 게 무슨 깡으로 지금 이렇게 마스크를 쓰고 있어? 정신 차리자."

그러면 친구가 마스크를 고쳐 쓰고 웃다가 갑자기 질색하는 표정으로 "너도 비말 튀니까 마스크 쓰고 웃어"라고 말하며 다시 웃는다. 그리고 나에게 건네는 친구의 한마디.

"야, 코로나에 재감염되거나 재양성될 수 있대. 너도 조심해."

코로나 재감염, 재양성의 가능성에 대하여

'재감염의 가능성'에 대해서는 바이러스 확산 초기인 2020년 3월부터 언급되어왔다. 완치 후, 퇴원한 환자들이 시간이 지나 검사를 다시 받아보니 양성으로 나와 재입원했다는 내용의 기사가 시작이었다. 이런 기사가 전 세계 동시다발적으로 보고되는 탓에 신문사며 방송사며 비슷한 내용의 뉴스를 재생산해 보도

해댔다. 그러던 4월, 재감염 가능성이 희박하다는 연구 결과가 발표되자 이때부터 '재양성', '재활성화'라는 단어가 등장했다. 비슷한 주제의 기사가 계속해서 나오는 걸 보면 서로 열심히 복붙하며 기사 쓰기에 바빴던 모양이다. 언론은 '재양성', '재확진'과 같은 자극적인 단어를 MSG 삼아 기사를 퍼부었고, 우리는 그 기사를 보며 두려움에 떨었다. 하지만 5월, 6월을 지나 8월 중순까지 실제로 코로나바이러스 재감염에 대한 보고가 없었다. 그러던 8월 말에 이르러서야 '유형이 다른 바이러스에 의한 재감염'이 홍콩과 미국에서 각각 한 건씩 보고되었다.

7월 말 공개된 서울대 의대 감염내과 박완범 교수의 〈코비드-19 확진자가 재감염될 수 있는가?〉라는 논문에 이런 내용이 있었다.

> "금년 4월 18일 중앙방역대책본부 정례 브리핑에서 코로나19 격리해제 후 다시 양성으로 판정된 재양성 사례는 전국적으로 총 163건이며, 격리해제자의 2.1% 수준인 것으로 보고하였다. 하지만, 전문가들은 이러한 재양성 사례는 재감염은 아닌 것으로 판단하고 있다. 그 이유는 다음과 같다. 첫째, 현재 코비드-19 진단을 위한 검사 방법은 바이러스 입자 자체를 검출하는 것이 아니고 바이러스의 RNA 유전자를 실시간 종합효소 연쇄반응

(real-time PCR)으로 검출하는 것이다. 따라서 증식 가능한 바이러스 없이 유전자 찌꺼기만 있어도 검사는 양성으로 나올 수 있다. 코비드-19에서 회복되어 퇴원한 후 전혀 증상이 없는 상태에서도 약 한 달까지도 유전자 검사는 양성이 지속될 수 있다는 사실이 코비드-19 팬데믹 초기에 이미 잘 알려졌다(Lan, Xu et al. 2020). 둘째, 질병관리본부에 따르면 재양성 검체를 수집하여 배양검사를 하였을 때 바이러스 배양이 되지 않았으며, 재양성자와 접촉한 294명 중 2차 감염이 확인되지 않았다. 셋째, 재양성자의 혈액에서 항체 검사를 해보면 재양성 당시 이미 항체가 형성되어 있어 재감염이 생길 면역상태가 아닌 것을 알 수 있다. 이러한 증거를 종합하면, 국내의 재양성자 중 재감염 환자는 매우 드물 것 같다."

코로나바이러스의 확산 초기, 이미 관련 연구가 진행되었으며 재감염의 가능성이 낮을 뿐만 아니라 예외적인 사례가 발생할 가능성이 있긴 하지만 재감염에 대한 위험은 현저히 낮다는 것이었다. 일반인인 나조차도 채 10분이 걸리지 않아 인터넷 검색으로 관련 연구자료를 찾아서 기사의 오류를 검증할 수 있었다. 언론도 분명 해당 연구자료가 존재한다는 걸 알았을 것이다. 연구자료가 없었더라도 지금 같은 전 세계인의 생명이 위협받는 시기에 정확한 정보의 확인 없이 무턱대고 대중의 공포를 조장하고 불필요한 두려움을 야기하는 키워드를 마구잡이로 사용하여 대중들을 흔들어놓는 짓은 하지 말아야 한다. 대중에게 경각심을 심어주려는 권위의식 짙은 기사는 코로나 시대의 또 다른 고통이 되고 있다.

사실이 이래도 사람들은 여전히 불안함에 '재양성', '재감염'의 위험에 대해 말한다. 그 단어를 나에 대한 걱정으로 언급할 때 나는 역시나 마음이 편치 않다. 주변 사람들은 걱정해서 하는 말이겠지만, 퇴원한 지 얼마 되지도 않은 나에게 "재검출이나 재양성이 될 수도 있으니 조심해라"라고 걱정해줄 때면 '악담인가?' 싶기도 하다. 그들의 걱정과 배려의 말은 주변의 유일한 확진자인 나에게 단 한 번 하는 말이겠지만, 나는 수없이 듣고 또 들어야 한다. 그리고 그들에게 똑같은 답을 되풀이해야 한다. 항체에 대해, 면역체계에 대해 조금만 더 알아보았다면 '재양성'이나 '재감염'이라는, 내게는 악몽 같은 이야기를 굳이 걱정하며 해줄 필요가 없었을 것이다.

나는 코로나바이러스가 완치됐지만 앞으로도 여전히 코로나바이러스의 트라우마로 고생할 것 같다. 물론 지금도 내가 걸린 타입이 아닌 다른 타입의 바이러스에 걸릴 수 있으니 완치됐어도 마스크를 잘 쓰고 다니고, 지인들과의 만남을 피하는 등 코로나에 걸린 적 없는 다른 사람들과 마찬가지로 위생에 신경을 쓰고 있다. 하지만 코로나를 이겨냈어도 리셋되어 새로 시작하는 것이 아니라 여전히 코로나 확진자로 투병하고 있는 느낌이다. 재감염의 위험보다 어쩌면 그 말 속에 감춰진 두려움이 나를 여전히 코로나 확진자로 묶어두는 것 같다. 그래서 가끔은 재감염을 조심하라는 말이 그저 공허한 메아리처럼 들린다.

코로나 블루

모 교회의 사건으로 인해 늘어가는 확진자 수를 보다 보면 숨이 막혀온다. 가끔 코로나가 앗아간 일상의 조각들을 하나씩 맞춰 보곤 한다.

마스크를 쓰지 않던 그때.

누군가를 만날 때 걱정보다는 반가움이 컸던 그때.

어디든 여행을 마음껏 다닐 수 있던 그때.

서로가 서로를 존재 자체로 미워하지 않던 그때.

나는 그 조각들을 스마트폰 속 사진에서, 인스타그램과 페이스북의 지난 포스팅에서 찾으며 맞춰본다. 어디서부터 잘못된 걸까? 분명 우리는 변한 것이 없지만 모든 것이 변해버렸다.

나의 코로나 블루

나는 사람을 만나는 것을 좋아한다. 새로운 사람을 만나는 것은 마치 또 다른 우주를 만나는 것 같아서 넓디넓은 우주에서 서로 비슷한 취향을 가진 것에 반가워하고, 서로의 다른 점을 통해 배워나가는 것을 즐거워한다. 어떤 이들은 피곤하면 혼자 있는 것으로 에너지를 충전하지만, 나는 사람들과의 만남에서 에너지를 얻곤 한다.

작년 한 해 동안은 거의 매달 해외에 나가곤 했다. 시간이나 돈이 충분해서 그런 것은 아니다. 금요일 밤에 출발해서 월요일 이른 새벽에 돌아오는 식이었다. 그렇게 짧게 자주 떠나는 이유는 간단했다. 일상을 벗어나 타인의 일상에서 발견하는 다름에서 좋은 자극을 받기 때문이었다. 그런 자극을 갈망했기에 여행하고 또 여행했다.

그러던 어느 날 갑자기 하늘길이 막혔다. 그러더니 병실에 혼자 남겨졌다. 하얀 벽의 병실 안, 회색 빛 철제 기구와 음압기, 그리고 의료기기들 사이에 흰색 환자복을 입고 말이다. 혼자 남겨진 병실 안에서 보내는 50일은 치열했지만, 나는 달라지는 것 하나 없이 창밖 계절만 변해가고 있었다.

그렇게 하루하루를 보내며 마침내 퇴원하고 집으로 돌아온

궁여지책으로 침대보를 커튼 삼아 걸어두었다.

간신히 햇빛을 막을 수 있었다.

일상에서 피부로 느낀 사람과 사람 사이의 살기는 나에게 말할 수 없는 환멸감을 주었다. 단 한 번도 느껴본 적 없는 느낌이었다. 바이러스가 온 세상을 뒤덮은 그때, 가면 속에 감춰둔 우리의 민낯이 드러나기 시작했다. 바이러스의 발원지가 한 나라라는 것 때문에 그 나라에서 온 멀쩡한 사람들에게 돌을 던지고 폭력을 일삼았다. 다른 정체성을 가진 이들을 탓하기도 하고, 다른 신앙을 가진 이들을 손가락질하며 탄압하기에 바빴다. 그저 자신의 두려움을 없애기 위해 누군가를 희생양으로 삼고 그것을 합리화하는 모습을 보는 것만으로도 너무나 고통스러웠다. 처음으로 사람들로부터 에너지를 빼앗기는 기분이었다. 그때부터 점점 뉴스를 보지 않게 됐다.

나는 이 환멸감을 누구에게도 설명할 자신이 없어 퇴원 후 한동안은 스마트폰을 들여다보지 않았다. 방문을 닫고 그저 집을 정리했다. 연락이 닿지 않는다며 집으로 찾아오는 친구들만 간간히 만날 뿐이었다.

누군가의 코로나 블루

내가 병원에 입원해 있는 동안 이틀 걸러 한 번씩은 내 건강을 걱정해주며 메시지를 해주던 고마운 누나가 있다. 부산에 사는 누

나. 그 누나와의 인연은 독특했다. 한 친구와 우연히 방문한 조그마한 레스토랑에서 시작되었다. 난 불어를 잘 못하지만 그 레스토랑의 이름만큼은 아직도 선명하게 기억한다. '쌍띠에 꽁뜨'

누나는 레스토랑의 오너 셰프였다. 누나의 음식은 무언가 특별했다. 나물을 넣어 만든 마카롱, 된장이 들어간 파스타, 상상이 안 되는 조합이지만 여기에 완벽하게 페어링된 와인이 어우러져 나는 그 음식에 완전히 홀려버렸다. 누나는 마카롱이 맥주 안주가 될 수 있다는 것을 가르쳐주었다. 부산 사람답게 털털하지만 요리사의 세심함이 느껴지는 그 공간과 음식은 빠져들기에 충분했다.

이후 다른 친구들과 몇 번을 더 찾아가기도 했고, 한번은 누나와 둘이 진탕 취할 때까지 와인을 마시기도 했다. 카톡으로, 인스타그램으로 서로의 이야기와 고충을 털어놓다 보니 어느새 친해져 있었다. 누나의 음식과 와인이 우리를 가깝게 이어준 것이다. 그리고 그해 연말에는 누나의 레스토랑에서 지인들을 모아서 작게 파티를 열기도 했다.

알게 된 지 어느덧 두 해가 지나 선선한 바람이 불던 가을, 누나는 자신의 영어 이름과 비슷한 이름을 가진 벨기에 남자와 결혼을 한다고 했다. 누나는 내가 축하한다는 말을 꺼내기 무섭게 나에게 결혼식 사회를 봐줄 수 없냐고 부탁했다. 심지어 영어로.

결혼식 사회는 본 적이 없을뿐더러 영어로 해야 한다니 난감하고 겁이 났다. 하지만 누나는 내 손을 꼭 잡고는 부탁한다고 했다. 한 달 후 가족끼리 모여 진행한 작은 결혼식에서 나는 영어로 사회를 보며 누나의 결혼을 진심으로 축복해줬다.

그리고 몇 해가 지나 코로나가 확산된 올해 초, 부산에 내려갈 일이 있어 혹시 저녁에 시간이 되는지 카톡으로 물었다. 누나에게 답장이 왔다.

"나 아기 엄마잖아. 정확히 58일째 집 밖을 못 나가고 있어. 코로나가 아기 엄마들에게 지옥을 가져다줬어."

나는 농담인 줄 알고 "그럼 집으로 찾아갈까?" 했더니 농담이 아니라며, 미안하지만 집으로 그 누구든 방문하는 건 거절하고 있다고 말했다. 사뭇 진지하게 말하는 누나의 메시지를 보고는 어린 아이를 가진 부모의 마음은 다를 수 있겠다 싶었다.

시간이 흘러 나는 코로나에 걸려 병원에 입원했고, 또 시간이 한참 흘러 퇴원을 했다. 퇴원 후 카톡을 나누다 누나의 일상이 궁금해졌다. 누나가 전해준 긴 카톡 메시지의 글자 사이로 코로나바이러스에 대한 두려움이 느껴졌다. 살을 에는 것 같은 두려움이었다.

올해 2월 중순, 코로나 전파가 심상치 않게 전개되기 시작했다. 누나네 가족은 심장병과 당뇨, 고혈압에 천식까지 가족력이 있는 초고위험군에 속했고, 게다가 신생아도 있다 보니 누구보다 조심해야 했다. 다행히 신종플루, 사스, 메르스를 겪으면서 바이러스에 대항하는 방법을 잘 알고 있었다. 누나는 코로나로 시끄러워지기 시작할 즈음부터 20리터짜리 대용량 소독제와 마스크를 100장 이상 사놓았고, 연무기까지 준비했다. 하지만 태어난 지 채 1년도 되지 않은 아기를 어떻게 보호해야 할지 겁이 났다. 그래서 누나는 문을 걸어 잠글 수밖에 없었다.

이탈리아에 코로나 확산이 증가할 무렵 벨기에인 남편의 직장 동료 중 이탈리아에 있는 동료가 코로나로 인해 죽음을 맞이했다는 소식을 들었다. 누나는 걸어 잠근 문을 바이러스가 모두 죽어 사라질 때까지 열지 않겠다고 다짐했다. 남편의 회사는 그 시기 재택근무를 시작했기에 집으로 바이러스가 들어올 가능성은 거의 제로에 가까웠다. 남편이 재택근무를 시작한 지 한 달쯤 됐을 때 남편의 다리에 알 수 없는 붉은 점들이 나기 시작했고, 처음에는 알레르기라고 여기고 대수롭지 않게 생각했다. 하지만 불안한 마음이 가시지 않아 고글과 마스크에 손에 장갑까지 끼는 만반의 준비를 하고 누나와 남편은 병원으로 향했다.

몇 가지 검사를 받은 뒤 나온 병명은 '특발성 혈소판 감소증'. 병이 심각해지면 장기 내부에 출혈이 발생할 수도 있기에 조기에 손을 써야 큰 위험을 막을 수 있다고 했다. 그런데 엎친 데 덮친 격으로 남편의 혈액형은 드라마에서나 보던 RH- O형이었다. 만약 코로나에 걸리거나 장기 내 출혈이 발생해 수혈이 필요해지면 쉽게 피를 구할 수도 없다는 사실이 누나에게는 극도의 공포와 스트레스가 되었다.

그날부터 누나의 눈에는 마스크를 쓰지 않은 사람들이 괴물처럼, 아니 악마처럼 보였다고 한다. 자신과 자신의 소중한 남편, 그리고 아이까지 해치려드는 악마. 코로나가 창궐하기 시작하던 그날, 정확히는 2월 20일부터 시작한 보이지 않는 적과의 전쟁에서 누나는 재난 영화에 나오는 드웨인 존슨처럼 매일을 전장에 뛰어드는 마음으로 임했다.

새벽 배송으로 택배를 받는 아침이면 마스크와 고글, 장갑까지 끼고는 소독약을 들고 문을 박차고 나가 문 앞에 놓인 박스가 젖을 정도로 소독약을 뿌려댔다. 소독약에 흥건히 젖은 박스가 마르기까지 세 시간 정도 지나면 누나는 다시 전투태세를 하고 나가서 박스를 들고 집으로 들어온다. 그러고는 뜨거운 물로 물건들을 씻어낸다. 마치 바이러스가 다 씻겨 내려가길 바라는 마음으로…. 그러다 가끔 요거트를 뜨거운 물로 씻겨낼 때면 유산균도 같이 죽겠구나 싶어 괜히 서글퍼졌다고 한다.

그 와중에 남편이 승진을 했다. 하지만 승진의 조건은 유럽으로의 이사였다. 마스크를 쓰는 것이 불가능한 아기를 데리고 유럽으로의 이사라니. 결국 코로나가 잠잠해질 때까지 무기한 보류하기로 했다.

뜨거운 여름이 찾아왔다. 여름이 찾아오면 모든 게 나아지겠지 하고 믿었던 게 허무하게도 여전히 모두가 땀을 뻘뻘 흘리며 마스크를 쓰고 있었다. 어두운 밤이 찾아오면 두려움도 함께 찾아왔다.

'백신이 나오지 않으면 어떡하지?'

'백신이 나오지 않으면 남편의 직장은 어떡하지?'

'우리 아기가 맞이할 미래는 이렇게 절망적인 미래일까? 불쌍한 우리 아기….'

바람에 흔들리는 촛불처럼 누나의 마음은 한없이 흔들리고 곧 꺼질 것처럼 위태로웠다. 머리가 어지럽고 속이 메스꺼워졌다. 마스크를 쓰지 않고 엘리베이터를 타는 이웃 주민을 볼 때면 자신도 모르게 속으로 고함을 질렀다. 고함은 그 사람을 향한 것이 아니었다. 자신의 불투명한 미래를 되찾기 위한 고함이었다.

보이지 않는 바이러스의 존재가 자신을 흔들어놓을 때면 누나는 이게 뉴스에서 말하던 '코로나 블루'인가 싶었다고 한다. 누나는 뉴스에서 코로나바이러스 백신이 임상 실험에 들어갔다는 소식을 들을 때마다 '제발 저 백신이 얼른 나와서 망할 놈의 바이러스를 다 죽여버렸으면' 하고 소원을 빈다고 한다. 잠에 들기 위해 침대에 누울 때면 내일은 부디 '백신이 개발되었다'는 뉴스를 들을 수 있기를 자장가처럼 노래하며 잠든다.

후유증

최근 코로나 재확산에 대한 뉴스가 끊임없이 쏟아져 나온다. 이번 여름에 해가 난 날보다 비가 쏟아져 홍수가 난 날이 더 많았듯이 코로나에 대한 뉴스도 홍수 수준을 넘어섰다. 바이러스에 관해 밝혀진 새롭지만 불확실한 뉴스부터 확진자 개인이나 단체에 관한 뉴스, 백신 임상 실험에 대한 뉴스 등 수개월간 수많은 코로나 소식이 뉴스를 가득 채우고 있다. 타임지가 선정한 올해의 인물 또는 사건은 분명 코로나19가 차지할 것이 분명해 보인다.

뉴스의 홍수 속에서 한 교수님의 코로나 후유증에 관한 기사가 눈에 띄었다. 하지만 나는 그 기사를 읽어보지 않았다. 기사의 썸네일에서 보이는 그분의 눈동자며, 마스크며, 환자복은 나에게 그때의 기억을 떠올리게 할 것 같아 기사를 클릭할 수 없었다. 고맙게도 주변의 많은 사람들이 그 이야기를 내게 전해줬다. 별로 알고 싶지 않았지만…. 코로나 완치 후 머리카락이 빠지거나 갑자기 멍해지거나 숨을 쉬기 힘들어진다는 내용이었다. 이 소식을 전하는 이들은 당연히 내게 묻는다.

"너는 후유증 같은 거 없어?"

내가 후유증이 있기를 바라는 건가? 물론 그런 의미는 아니겠지만 하도 똑같은 질문을 받으니 그렇게까지 들리기도 한다. 분명 코로나에 걸리기 전에는 이렇게까지 부정적이지 않았는데…. 어쩌면 병과 사람들로부터 받은 상처가 남긴 후유증인 것 같다. 하지만 이제는 초연해져서 남들이 묻기도 전에 먼저 말해주는 경지에 이르렀다.

코로나를 앓은 뒤 일상으로 돌아온 나는 주어진 하루하루를 알차게 보내기 위해 부단히 노력하고 있다. 술을 배우기도 하고, 가끔 지인들을 만나기도 하고, 새롭게 시작할 일을 생각하거나 자잘한 일을 하나씩 차분히 정리하고 있다. 또한 운동도 다시 시작했고, 집에서 요리도 해 먹기 시작했다. 그러다 가끔 설명하기 힘든 우울감이 찾아올 때면 하던 일을 던져두고 침대 위에 누워서 멍하니 있는다.

다시 찾아간 병원

퇴원한 지 두 달이 되어갈 즈음, 입원했던 병원에 퇴원 후 경과를 보러 방문했다. 병원으로 향하는 버스가 한남대교에 진입하자 입원할 때 구급차의 녹십자가 그려진 창문 너머로 보이던 한강의 모습이 겹쳐 보였다. 한숨이 절로 나왔다. 잠시 눈을 감고 숨을 골랐다. 다시 눈을 뜨니 퇴원하는 날 버스를 타고 돌아오던 때가 떠올랐다. 주마등처럼 지나가는 병원에서의 기억. 다시는 돌아가고 싶지 않은 기억에 순간 소름이 돋았다. 가방에서 에어팟을 꺼내 노래를 틀고 한강을 바라봤다. 클린 밴딧(Clean Bandit)의 〈래더 비(Rather Be)〉가 흘러나왔다.

한남동과 남산을 지나 병원 앞에서 내렸다. 날이 후텁지근했다. 나는 발길을 재촉해 병원으로 들어갔다. 입구에서 발열 체크를 하고 병원에 들어서는데, 수납처가 보였다. 퇴원하던 날 짐가방을 들고 앉아서 수납을 하던 내 모습이 겹쳐 보였다. 계단으로 올라가기 위해 엘리베이터를 지나치는데, 격리병동으로 올라가는 엘리베이터가 보였다. 또 한숨이 나왔다. 보는 것만으로도 착잡한 마음이 들었지만, '다 지나간 일'이라 속으로 되뇌며 계단을 올라 2층으로 올라갔다.

내과에 도착하여 이름을 말씀드리고 의사 선생님을 뵈러 진

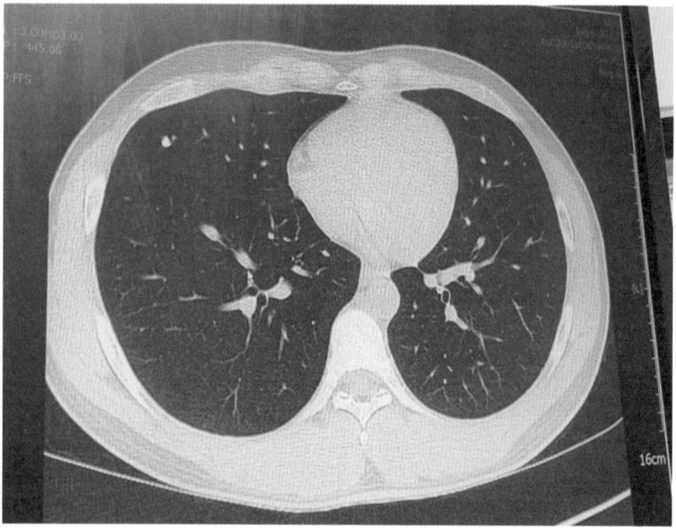

다행히도 폐는 깨끗했다.

후유증이 없을 것 같다는 의사 선생님의 말씀에

마음이 놓였다.

료실 안으로 들어갔다. 선생님은 "오셨군요"라고 말씀하시며 반기셨다. 나는 "잘 지내셨죠?"라고 인사를 드리며 자리에 앉았다.

선생님이 물으셨다.

"퇴원 이후에 별일 없으셨나요? 몸이 아프다든지…?"

"몸은 괜찮았던 것 같아요. 단지 다른 일들에 정신이 없었어요."

"그렇다면 다행이네요. 우리 이걸 같이 볼까요?"

화면에는 CT 사진이 있었다. 가운데 흰색의 척추를 중심으로 양 옆의 흰색의 둥근 것이 어깨, 아래로 보이는 것이 심장과 간, 그리고 하얗게 있는 것들이 혈관이라고 설명하셨다. 그리고 마우스를 클릭하여 위아래로 움직이니 내 몸의 단층 사진들이 순서대로 보였다. 그리고는 한 사진에서 멈춰 말씀하셨다.

"만약 폐렴을 앓은 분이라면 외곽이 하얗게 염증이 낀 게 보여야 하지만 다행히 지호 씨는 폐렴으로 번지지 않은 것 같습니다. 경증으로 앓고 지나간 것 같아요. 참 다행이죠."

다행이었다. 뉴스에 나오던 다른 완치자분들처럼 머리가 빠지거나 숨을 쉬기가 힘들지는 않았다. 정말 다행이었다.

"그러게요, 다행이네요."

"아, 궁금하거나 걱정하실 것 같아서 몇 가지 알려드리려고 해요. 재감염이나 재양성의 위험성에 대한 이야기인데, 죽은 세포가 검출되어도 양성으로 나오는 경우가 왕왕 있습니다. 또 걸릴 수 있느냐에 대해서는 경증으로 앓은 분들은 다시 걸릴 가능성이 있긴 합니다. 항체 자체가 약하게 형성되어서 다시 걸릴 가능성이 있는 거니 여전히 조심하시는 게 좋을 것 같습니다."

"아, 그렇군요. 잘 이해했습니다. 감사합니다."

인사를 드리고 진료실을 뒤로하고 병원을 나섰다. 퇴원 후 커피를 마셨던 스타벅스를 지나 버스정류장으로 향했다. 버스를 타고 다시 남산과 한강진, 한남오거리를 지나 한강을 건너서 집으로 돌아왔다.

나의 후유증

나는 운이 나빠 코로나에 걸렸지만, 다행히 운이 좋아 큰 후유증이 없다. 정말 다행이었다. 정확히 말하자면 신체적 후유증은 없지만 마음의 후유증은 조금 남았다.

이유를 모르겠지만 사람을 마주할 때 사람의 눈을 보고 이야기하는 것이 조금 버거워졌다. 짧다면 짧고 길다면 긴 29년의 삶에서 이런 적은 한 번도 없었는데…. 사람을 마주하는 것이 부담스러워졌다. 아니, 두려워진 것 같다.

'사람다움'이란 무엇일까? 꼬리에 꼬리를 물며 끝을 알 수 없는 생각들이 이어진다. 바이러스가 퍼지던 초기, 우리는 바이러스에 어떤 자세로 임했는가? 바이러스가 확산되면서 우리의 손가락은 어디를 향했는가? 바이러스가 진정되어갈 때 우리는 어떤 마음가짐이어야 할까? 왜 우리는 마스크를 써야 할까? 마스크를 벗은 이를 보고 우리는 어떤 생각을 하고 있는가? 신규 코로나 확진자가 발생했다는 뉴스를 보며 우리는 어떤 반응을 보이는가? 마음속 믿음이 틀렸다는 생각을 가져본 적이 있는가? 혹시나 그 잘못된 믿음으로 타인을 해하지는 않았는가? 우리는 우리의 행동을 두려움이라는 이름으로 정당화하고 있지는 않는가? 내가, 우리가 가져야 할 사람다운 삶의 자세란 무엇일까?

나는 끝없이 질문하고 질문한다. 마스크를 쓰는 것은 나를 보호하기 위함이기도 하지만, 타인을 배려하는 것이기도 하다. 나는 그것이 가장 인간다운 행동이라고 생각한다. 누군가는 자신의 자유를 해한다고 말할 수 있지만 그 자유는 타인이 존재할 때, 타인의 자유를 존중할 때 존재한다고 생각한다. 타인의 자유를 존중하지 않는 이기적 자유의 추구는 자유가 아닌 자욕일 뿐이다.

코로나가 퍼지며 드러나는 우리의 민낯을 보며 사람에 대한 환멸이 더욱 짙어진다. 그럴수록 나는 점점 더 사람의 눈을 마주하기 힘들어지는 것 같다. 그 짙은 색 눈동자 안에 어떤 생각이 자리하고 있을지 두려워서….

엄마의 후유증

퇴원한 다음 날, 엄마는 나를 보러 강을 건너 우리 집으로 찾아오셨다. 몸보신시켜야 한다며 말이다. 일 때문에 바쁘고 거리가 멀어 오시기 힘든 이모들은 '여러 명의 신사임당 선생님'을 대신 보내셨다. 뭘 먹을까 생각하다가 고기를 썰면 좋겠다 싶어 집 근처의 패밀리 레스토랑으로 향했다.

잊지 않고 마스크를 쓰고, 엄마와 팔짱을 끼고 식당으로 향했다. 식당에 도착해 자리를 잡고 음식을 시킨 뒤 엄마와 이런 저런 이야기를 하다 자가격리 때 어땠는지 여쭸다. 엄마는 말도 말라며 손사래를 치셨다.

"내가 네 아빠랑 30년을 같이 살았지만, 솔직히 이렇게 하루 종일 붙어서 함께 지낸 건 이번이 처음이었잖아. 매일 아침에 밥 먹여서 아빠 출근 시키고 네 동생 내보내면 반나절은 조용해져. 그리고 저녁에 아빠 퇴근하고 네 동생도 집에 오면 다시 가족을 챙기니까, 네 아빠가 좀 짜증 나게 해도 열을 식힐 수 있는 여유가 좀 있었거든. 근데 자가격리 때는 24시간 내내 14일 동안 같이 있으니까 별 시답잖은 일로 네 아빠도 짜증 내고, 말꼬

투리 잡아대는데 화가 얼마나 치밀어 오르던지. 근데 너 아빠 알잖아, 혼자 막 화나 있다가 풀어져서 아무 일 없던 것처럼 말씀하실 때면… 아, 말을 말자. 집에 24시간 내내 삼시 세끼를 다 해 먹여야 하니까, 이건 엄마 입장에서는 자가격리가 아니라 자가지옥이었어."

엄마가 자가격리 마지막 날 몸살이 난 이유를 알았다. 엄마의 이야기를 들으니 사람과 사람 사이의 적당한 거리를 유지하는 것의 의미를 되돌아보게 되었다. 인간사라는 것이 필연적으로 충돌을 수반하기에 그 충돌을 완충해가며 살아가야 한다는 걸 본가를 나와 살면서 배웠다. 내가 가족과 함께 살았을 때 엄마는 자신의 삶의 방식과 완전히 다른 나를 이해하지 못하셨다. 반대로 나도 엄마의 삶에 대한 기준과 방식이 이해하지 못해 엄마와 말다툼이 잦았다. 하지만 독립을 하고 가족과 떨어져 지내며 생긴 '거리'는 가족에 대한 내 생각과 태도를 돌아보고 '가족'의 의미까지 생각해볼 수 있는 여유를 마련해주었다.

코로나바이러스도 마찬가지다. 어느 방송 프로그램에서 바이러스의 확산에 크게 기여한 것 중 하나가 밀집된 형태의 도시 구조였다고 했다. 제한된 사이즈의 도시에 인구가 몰리면서 도시의 기능이 더 집약되어 인간과 인간 사이의 거리가 점점 좁아졌다. 그 접점들이 많아지면서 얻은 장점도 많지만, 인간과 인간의 접촉을 매개로 감염병이 확산되기 시작하면 걷잡을 수 없는 속도로 퍼져나가는 구조가 현대 사회라는 것이다. 이런 이유로 감염병의 확산을 막기 위해 방역당국은 '사회적 거리두기' 캠페인을 펼치기로 했고, 실제 이것이 바이러스 확산을 저지하는 데 큰 역할을 해냈다.

인류 역사상 살기 위해 뭉친 역사는 있었어도 살기 위해 흩어진 역사는 없었을 것이다. 바이러스가 확산되던 시기, 적당한 거리를 유지함으로써 바이러스 확산을 막을 수 있다고 했다. 이에 어떤 이들은 방역당국의 말에 콧방귀를 뀌며 무시했다. 물론 그 결과는 참담했다.

가족의 자가격리 이야기를 들으며 인간성에 대한 회복까지 고민하는 내 자신이 순간 어이가 없었다. 피식 웃으니 엄마가 뭐가 웃기냐며 물으시기에 나는 아무것도 아니라고 말하며 스테이크를 썰었다. 그리고 엄마에게 물었다.

"엄마는 내가 입원했을 때 어떤 기분이었어요?"

"한시도 가만히 있지 못하고 빨빨거리며 돌아다니는 네가 병실 안에서 한 발자국도 벗어나지 못하고 50일 동안 있다고 생각하니까 믿기지 않았지. 그러다 네가 잘못되면 어쩌나 싶어서 엄청 걱정했어. 정말 너 거기서 잘못됐다고 생각하면… 어우 소름이 다 돋아. 고기 식겠다. 얼른 먹자."

"걱정 끼쳐드려서 죄송해요. 얼른 드세요."

엄마가 좋아하는 지방이 덜 낀 부위로 고기 한 점을 썰어서 엄마의 앞접시에 놓아드렸다. 내가 먹을 고기도 한 점 썰어서 포크로 쿡 찍어 엄마에게 들이밀고 말했다.

"엄마 우리 코로나 극복 성공을 축하하며, 건배!"

엄마는 피식 웃으시더니 고기를 포크로 찍어 들고는 '건배!'를 외치고 식사를 시작했다. 병원에서 있었던 일, 회사 사람들을 통해 겪은 일, 그리고 크고 작은 에피소드들을 끊임없이 이야기했다.

식사를 마치고 엄마를 보내드리고 집으로 돌아오는 길에 문득 아득한 생각이 들었다. 만약 엄마가 코로나에 걸렸다면 어땠을까? 그게 나로 인해서든, 타인에 의해서든…. 분명 엄마를 잃게 될까 봐 하루하루 걱정과 불안에 떨며 퇴원만을 간절히 바랐을 것이다.

우리 엄마만 그런 것이 아니다. 지구상 어떤 이라도 자신의 '소중한 사람'이 코로나에 걸리게 된다면 걱정에 잠 못 이룰 것이다. 엄마는 자가격리 동안 코로나로 나를 잃을 수도 있겠다는, 생각하고 싶지 않은 시간을 보내셨다. 물론 실제로 그런 일이 일어나지는 않았지만 엄마의 기억 속에는 트라우마로 남았을 것이다. 코로나는 엄마에게도 후유증을 남긴 것 같다.

누군가의 후유증

입원 초기, 친한 약사 형에게서 카톡이 왔다.

“잘 지내지?”

아직 가족과 회사 사람들 외에는 코로나로 입원한 사실을 이야기하지 않았던 터라 ‘어떻게 하지?’ 하고 고민하다가 입원 사실을 이야기했다.

“형, 나 코로나에 걸려서 병원에 입원해 있어.”

그리고 날아든 칼 같은 답장.

“헐? 괜찮아? 아프지는 않고?”

“응, 다행히 많이 아프지는 않아. 열이 좀 있네.”

그런데 갑자기 카톡창으로 날아드는 치킨 교환권.

“외부 음식 먹고 싶으면 이거라도 시켜서 먹어.”

깜짝 놀라서 나는 연신 고맙다고 말했다.

길고 긴 시간이 지나 퇴원한 뒤 하루는 형과 우리 집에서 식사를 하기 위해 오랜만에 만났다. 밥을 먹으며 이런저런 대화를 나누다가 형이 약국에서 공적마스크를 팔았다는 것이 생각나 어땠는지 물었다. 형은 깊은 한숨을 내쉬곤 대화를 이었다.

“코로나가 막 퍼지던 3월 초기는 진짜 매일이 전쟁이었어. 약국 문 앞에서 오픈 전부터 줄 서 있는 사람들과의 눈치 전쟁, 마

매일 저녁 창밖으로 보이던 동대문의 풍경.
마치 코로나 같은 건 존재하지 않는 듯
바쁘게 돌아가고 있었다.

스크가 있는지 물어보는 전화와의 전쟁, 마스크가 없으면 왜 없냐고 물어보는 이들과의 전쟁, 정부의 가이드라인이 수시로 바뀌는데 약사들에게는 바로바로 전달되지 않아서 그 가이드라인을 확인하느라 전쟁. 전쟁, 전쟁, 전쟁의 연속이었어. 그러다 마스크 수급 상태가 좀 좋아지나 싶더니, 이제는 새부리형은 없냐, 소형은 없냐, 검정색은 없냐, KF80 등급은 없냐 등등. 심지어 삿대질을 하면서 '좋은 마스크는 네가 다 숨겨두고 쓰려는 거 다 안다!'는 비난까지 들을 때는 내 직업적 소명감에 회의감까지 들더라.

내가 해결할 수 없는 것에 대한 책임이 나한테, 우리 약사들한테 지어지더라고. 근데… 너무 억울한데, 어떡하겠어? 그러다 공적마스크 제도가 종료된다는 뉴스가 나올 때쯤 손님 중 한 분이 '약사님, 고생하셨어요'라며 커피를 주고 가셨는데, 당황한 나머지 고맙다는 인사도 못 드리고 커피를 받아들고는 한참 멍하니 서 있었어."

나도 형에게 "고생 많았어"라고 말하며 등을 토닥여줬다. 형과 이야기를 나누며 우리가 이 시기를 헤쳐나갈 수 있는 것이 비단 정부나 질병관리청, 각 지자체 대책본부의 노력만은 아니라는 생각이 들었다. 각자 자신이 서 있는 자리에서 최선을 다해 버티고, 견디고 있기 때문이 아닐까 하는 생각이 들었다. 누구도 요구하지 않았지만, 설사 요구했더라도 기꺼이 그 희생을 감내하고 견뎌내고 있다. 우리는 모두 연결되어 있기 때문에….

분명 형도 코로나로 인해 두려움에 떠는 사람들이 할퀴고 간 상처가 마음속에 남아 있을 것이다. 하지만 이 또한 사람들에 의해 치유될 것이라고 생각한다. 적어도 코로나바이러스가 종식되기 전까지 우리는 그 후유증을 견뎌낼 수밖에 없을 것 같다.

우리를 버티게 하는 우리

맺음말

우리를 버티게 하는 우리

퇴원한 지 두 달이 지났다. 종종 지난 병원 생활을 되짚어본다. 그다지 유쾌하지 않은 기억이기에 떠올리고 싶지 않지만, 근래 벌어지는 사건들에 대한 뉴스를 보면 자신을 돌아보게 된다.

우리는 함께 이겨내고 있다

병원에 입원한 날부터 다짐했다. 최대한 빨리 회복해서 이곳을 벗어나겠다고. 병원에 입원한 모든 이들의 마음이 그러할 것이다. 병원에 오래 있어서 좋을 것도 없고 말이다.

빨리 회복하기 위해서는 의료진의 도움이 절실했다. 그분들의 도움 없이는 불가능한 것을 알기에 감사하는 마음을 갖고 최선을 다해 치료에 협조하기로 마음먹었다. 문득 방호복을 입었다 벗었다 반복하며 치료하는 그들을 보면서, 그들도 나와 같은 인간인데 이 바이러스가 두렵지 않을까 걱정이 되었다. 분명 같은 마음이었을 것이다. 하지만 그들은 의사로서, 간호사로서 숭고한 직업적 책임감으로 모든 환자들을 보호하고 지켜내고 있다.

코로나바이러스가 어디서 시작되었는지는 이제 중요하지 않다. 이미 이 바이러스가 전 세계를 뒤덮어버렸다. 유(?)지불식간에 우리를 혼돈의 도가니로 몰아넣은 바이러스가 더 이상 퍼지지 않는 방법을 이미 모두가 알고 있다. 서로를 위한 배려에서 비롯된다는 것을 말이다. 서로를 보호하기 위해 마스크를 쓰고, 먹고사는 데 어려움이 생기겠지만 확산을 막기 위해 가게 문을 닫기로 결심하고, 얼굴을 본 지 오래된 지인과의 만남을 전화와 카톡으로 대신하고, 방역당국의 지침을 책임감 있게 따르는 것까지.

언제가 될지는 모르겠지만 이 모든 배려가 모이면 바이러스가 없는 그날을 만들어낼 수 있을 것이다. 우리는 이 시기를 서로 떨어져 보내지만 함께 이겨내고 있다.

하지만 그만큼 많은 것을 잃었다. 왜 우리는 이렇게 될 수밖에 없었을까? 누구에게 질문해야 하는 걸까? 답을 아는 사람이 과연 있을까?

가장 큰 건 우리가 예전으로 돌아갈 희망을 잃었다는 것이다. 바이러스가 우리를 위협하는 동안 우리는 '조금만 기다리면 분명 나아질 것'이라는 기대와 희망을 품고 있었다. 하지만 아쉽게도 시간이 지나면 지날수록 그 희망의 불씨가 흔들린다. n차 확산이 반복되면서 희망의 끈을 꼭 부여잡은 우리의 손은 그 힘을 잃어가고 있다. 사라져버린 희망의 부재 속에서 허망한 마음을 타인을 향한 비난과 원망으로 채우기 시작했다.

바이러스가 발생한 초기, 국경을 봉쇄하지 않았다며 정부와 방역당국의 수장을 맹목적으로 비난했다. 바이러스의 근원지에서 온 이들을 욕하고 혐오하기도 했다. 심지어 바이러스에 걸린 이들을 향해 부주의했다며 손가락질을 일삼고 낙인찍어 차별했다. 나 또한 그 차별을 경험했고 여전히 그 차가운 시선과 손가락질을 잊을 수 없다(부주의했는지 어땠는지 사정을 잘 알지도 못하면서 사람들은 무턱대로 손쉽게 비난을 택했다).

어떤 이는 이 바이러스를 기회 삼아 자신의 신념과 이익, 야

욕을 이루기 위해 정쟁으로 활용하여 수천 명의 확진자를 낳았다. 그들은 자신들의 세 치 혀로 내뱉은 말의 무게를 어떻게 책임지려는 건지 도통 이해할 수 없는 언행을 일삼고 있다. 여기에 특정 단체를 자칭하는 이들이 가짜 뉴스를 유포하면서 많은 사람들이 모이도록 집회를 주도하고 있다. 그들의 작태를 보면 코로나 시대에 자유의 가치를 어디까지 용인할지 고민해야 할 때라는 생각이 든다. 코로나 시대에도 대한민국의 민주주의는 잘도 살아있었다.

바이러스는 언젠가는 분명 사라질 것이다. 시간이 얼마나 걸릴지는 모르겠지만 우리는 바이러스를 정복하고 일상을 되찾고 말 것이다. 하지만 그동안 우리는 자주 지칠 것이고, 잠시의 힘듦과 두려움을 이겨내기 위해 서로를 할퀸 상처가 깊은 흉터로, 역사의 기억으로 남을 것이다.

서로의 존재 이유를 잃었다

나는 '인간'이라는 단어를 좋아한다. 사람 인(人), 사이 간(間). 서로 다른 두 존재가 기대어 있는 형상의 사람 인(人). 문과 문 '사이'로 햇빛이 들어오는 형상의 사이 간(間). 이 두 글자가 결합되어 만들어진 단어인 인간이라는 말에는 '우리는 서로를 의지하고 지탱하며 살아가는 존재임과 동시에 사람들 사이의 모든 일까지 포함된다'고 배웠다. 이를 조금 더 넓게 해석해보자면 인간이 지구상에 존재하려면 단 하나로는 존재할 수 없고 공동체 정신을 기반으로 연대하며 존재한다는 것이다.

그러나 코로나바이러스가 전 세계로 퍼져나간 순간, 우리는 '나'를 제외한 타인을 바이러스로 인식했다. 고의가 아니었을 텐데 바이러스를 옮긴 확진자를 손가락질하고 매도했다. 해외에서는 이 바이러스가 아시아권에서 시작됐다는 이유로 아시아인들을 비난하고 차별했다. 하지만 기억한다. 우리는 분명 오랜 시간동안 서로의 존재와 더불어 살아오면서 문명과 문화를 통해 지금 이 순간의 모든 것을 만들어냈다.

현미경으로 들여다보아야 간신히 보이는, 작은 크기의 바이러스 때문에 인간이 서로를 증오하고 부정하는 것을 두 눈으로, 피부로 느꼈을 때 인간이 한없이 미약한 존재라는 사실에 조금 절망했다. 우리는 서로를 위해 존재해야 할 이유를 잃어가고 있었다.

이타심을 잃었다

나에게 '마스크를 쓴다는 것'은 상대를 향한 배려이자 나를 위한 최소한의 보호를 다짐하는 의식이다. 불안과 공포가 일상의 공기 속에서 바이러스처럼 떠돌아다닐 때, 우리는 마스크를 씀으로써 서로의 불안과 걱정을 종식시켜주고 있다. 비록 마스크로 바이러스를 죽일 수는 없지만 적어도 누군가의 불안을 종식시킬 수 있다는 것만으로도 그 역할을 다하고 있다고 생각한다.

코로나바이러스 확산 초기, 방역당국은 사회적 거리두기 캠페인을 펼쳤다. 사람과 사람 간의 접촉을 통해 바이러스 확산과 감염이 이루어지고 있기에 인적 접촉을 최소화시켜야 하는데, 도시 봉쇄나 모든 상업 활동을 중단시키면 엄청난 경제적 타격과 손실을 야기할 수밖에 없기 때문에 방역당국은 우리가 속한 지역과 사회를 위해 잠시 거리를 두어야 할 때라고 국민들에게 호소했다.

개인이 사회 속에서 온전히 자리하기 위해서는 타인이 존재해야 한다. 마찬가지로 타인을 이해할 때 비로소 '나'라는 존재가 성립되고, 그때 우리에게 '이타심'이 작동한다. 이타심은 인간의 이기심의 정반대에 서 있다. 하지만 모순적이게도 동시에 이기심과 공존한다. 이타심은 타인에 대한 나의 이해에서 비롯되는 마음이고, 이기심은 타인에 대한 나의 결핍이 만들어내는 마음이다. 즉 타인에 대한 결핍으로 인해 자신만을 위한 마음이 커지는 것이다. 이것이 본디 인간이 가진 이기심의 본모습이 아닐까 생각한다.

마스크를 써 달라는 버스기사를 폭행한 승객은 그저 자신이 코로나에 걸리지 않았기 때문에 그랬다고 한다. 실내나 밀폐된 장소에서 마스크를 벗고 다니는 이들은 자신이 숨쉬기 불편하다는 이유에서 그랬을 것이다. '종교의 자유'를 앞세워 자신의 야욕을 실현하고자 한 종교인은 그저 지금이 기회라고 생각했을 것이다. 만약 그들에게 이타심이 있었다면 그렇게 행동하지 않았을 것이다.

지난 8월 중순, 어떤 단체가 서울 도심에서 집회를 진행했다. 방역을 제대로 못한 이 나라의 수장을 규탄하고 자신들의 자유민주주의를 수호하기 위함이라 했다. 그 여파가 실로 '대단해서' 할 말을 잃었다. 집회 이후, 이 글을 써 내려가는 순간에도 확진자는 늘어가고 있고, 단일 사건으로는 1,200명 이상의 확진자를 배출했다. 그들의 신념이 과연 무엇인지 궁금해졌지만 내가 굳이 거기까지 알 필요는 없겠다는 생각이 들었다. 더욱 가관이었던 건 양성 판정을 받고 병원에 입원해서도 '콘텐츠 크리에이터로서의 책임감과 사명'을 가지고 만들어낸 영상이었다.

코로나가 위험한 질병인지 의심스럽다는 둥, 자신들을 정치적으로 탄압하기 위해 검사 결과를 조작하여 감금시켜놓았다는 등 그런 말 같지도 않은 말을 언론에서도 열심히 보도하는 걸 보면서 내 눈으로 본 것들을 믿을 수가 없었다. 간호사에게 "밥이 맛이 없다. 과일은 없냐"라고 말한 그 유튜버는 의료진을 직간접적으로 모욕하는 발언을 일삼았다. 심지어 수시로 택배를 시키거나 짜장면 배달을 시키거나 급기야 삼계탕을 시켜서 간호사에게 살을 발라 달라고 했다는 뉴스를 보고 이타심의 부재를 느꼈다.

하지만 그들까지도 살려내야 한다는 책임감과 이타심에 묵묵히 일을 해내는 모든 의료진에게 존경과 감사의 마음을 전하고 싶다. 이타심이 메말라가는 모습을 언론을 통해 목격할 때면 나뿐만 아니라 많은 사람들이 안 그래도 코로나로 지친 마음에 더 큰 상실감을 느꼈을 것이다.

그럼에도 우리는 서로의 희생으로 버텨내고 있다. 코로나바이러스가 퍼지기 시작했을 때부터 지금까지 최전방에서 싸우고 있는 의료진을 비롯해 조금씩 서로를 배려하고 인내하는 수많은 보통 사람들의 희생정신으로 최소한의 일상적인 삶을 지탱하고 있다.

난 아직도 한 종교 단체에 의한 대구지역 집단 감염이 시작되었던 2월 말을 잊을 수가 없다. 모 종교 단체에서 시작된 감염이 한 병원으로 연결되어 경북 청도 대남병원에서 지역 사회로까지 순식간에 번지기 시작했던 그때, 국내 첫 사망자가 나왔다. 엎친 데 덮친 격으로 지역 내 병상 부족으로 입원조차 못하고 사망한 환자까지도 있었다. 2월 18일 대구 지역에서 첫 코로나 확진 사례가 나온 이후 전국적으로 18명, 56명, 144명, 284명, 505명, 813명, 1,062명까지 확진자가 순식간에 늘어가는 것을 보며 누군가의 미래 예언 중 단골로 등장하는 전염병의 공포가 실로 어마어마하다는 것을 실감했다. 마스크를 사놓고도 설마 했던 나는 대구지역 감염 이후 매시간 뉴스를 초조한 마음으로 지켜봤다.

그 무렵에는 출퇴근길 뉴스에 연일 대구지역 내 감염에 대한 기사가 홍수처럼 쏟아졌다. 걱정스러운 한숨을 내뱉으며 창밖을 바라보았지만 그곳엔 코로나바이러스 따위는 존재하지 않을 것처럼 맑기만 했다. 아름다운 꽃이 흐드러지게 핀 가로수를 지나칠 때 불현듯 올봄이 우리 생에 가장 잔인한 봄으로 기억될 것이라는 예감이 들었다.

청도 대남병원에서 집단 발병이 발생한 지 얼마 지나지 않아 의료진도 집단 감염이 발생하여 코호트 격리(병원 내에서 확진자가 발생하는 경우, 동일 건물 내 환자와 의료진 모두를 하나의 동일 그룹으로 보고 해당 시설 전체를 봉쇄·격리하는 것을 의미함)가 시작되었다. 연이어 한마음창원병원에서도 집단 발병이 발생했다. 이로 인해 환자뿐 아니라 수십 명의 의료진이 양성 판정을 받거나 자가 격리에 들어갔다. 머지않아 100명이 넘는 확진자가 발생하며 시작된 병상 부족과 의료진 부족은 대구지역을 흔들어놓았다. 이 뉴스는 많은 사람들을 코로나 공포에 떨게 만들었다.

그래도 희망이 있다

그러다 뉴스를 읽다가 내 두 눈을 의심하는 기사를 발견했다. 20명의 의사와 100명의 간호사가 대구지역으로 의료 봉사를 자원해 파견되었다는 소식이었다. 얼마나 최악의 상황이 기다릴지 뻔히 아는데 의료진이 부족하다는 소식에 한달음에 자원봉사를 하러 갔다는 것이다.

눈에 보이지 않는 무시무시한 놈이 득실거리는 병동으로 남이 떠밀어도 못 들어갈 텐데 자신의 두 발로 저벅저벅 들어가다니…. 나라면 절대 못했을 것이다. 하지만 그들은 꺼져가는 생명을 살리기 위해 자신의 소임을 다하고자 용기를 냈다.

용기는 또 다른 용기를 낳았다. 대구 동산병원이 자진 코로나 전담병원(지역거점병원)으로 전환 신청을 했다는 소식이었다. 대구 동산병원은 민간병원이지만 기존의 입원환자 136명을 설득해 다른 병원으로 옮겨 병동 전체를 비운 뒤 모든 시설을 코로

우리는 모두 각자 최전방에서 최선을 다하고 있다.

하지만 누구보다 의료진의 노고와 희생에 진심으로

존경을 표하고 싶다.

나 전담병원으로 전환한 것이다. 보통 국립병원이 이를 전담하는 것으로 알고 있었지만 민간병원이 자처했다는 것과 여기에 많은 환자들이 응했다는 것에 큰 울림을 느꼈다. 기사의 말미에 조치흠 원장의 답변은 날 더욱 숙연하게 만들었다.

> "15년 의사 생활하면서 이런 경험은 처음이다. 어떤 일이 있어도 막아내야 한다. 선택의 여지가 없다. 여기 병원의 모든 의사들이 전사가 돼 맞서고 있다. 누구나 코로나 확진자로 당할 수 있다. 감염 경로가 막연한 사람이 많다. 누구나 걸릴 수 있는 병으로 여기고 의료진에게 협조를 잘해서 치료받기를 기대한다. 격리가 좀 불편해도 감수해줘야 한다. 그래야 누군가에게 전파되는 걸 막을 수 있다. 우리 가족, 이웃, 친구를 보호하는 길이다. 누군가 해야 한다, 어떡하든 막아내야 한다."
>
> 〈중앙일보〉, "누군가 해야 한다, 어떡하든 막아내야 한다", 2020-02-26

누군가는 희생을 하고 있었다. 눈에 보이지 않아도, 우리가 관심을 갖지 않아도, 가장 낮은 곳에서 그렇게 애쓰고 있었다. 그들의 희생으로 바이러스에 힘없이 무너져 내려가고 바스러져가는 생명이 다시 일상을 얻었고, 살아갈 힘을 얻어 돌아왔다.

대구로 자원봉사를 위해 달려간 의료진의 희생은 전국 곳곳에서 아름다운 희생을 낳았다. 전국에서 대구의 시민과 의료진을 위해 당시 수급이 원활하지 않아 귀했던 마스크를 비롯하여 체온계, 의료용품, 구호용품, 생활용품의 기부가 이어졌다. 모금 운동까지도 일어났다. 나도 가만히 있을 수 없어 적은 금액이지만 도움을 더했던 기억이 있다. 이렇게 크고 작은 희생이 모여 대구는 다시 원래의 모습으로 되돌아갈 수 있었다.

대구로 향하던 응원의 손길은 우리 곁의 이웃으로 향했다. '힘든 시기를 함께 이겨내자'며 자영업자들의 월세를 삭감해주거나 아예 받지 않는 건물주들이 나타났다. 울산에서는 한 70대 할머니가 경찰서에서 경비를 서던 의경에게 검은 봉지를 건넨 뒤 황급히 사라졌는데, 봉투 안에는 편지와 함께 마스크 40매와 현금 100만 원이 들어 있었다.

> "서장님! 저는 신정3동 기초수급자 70대 노점상인입니다. 대구의 어려운 분에게 작은 힘이나마 보템(보탬의 오자)이 되고자 이 성금을 보냅니다. 어려운 분에게 쓰셨으면 고맙겠습니다. 대구분들 힘냈으면 합니다."
>
> 〈경상일보〉, "70대 기초수급 할머니 아껴둔 마스크·현금 기부", 2020-03-17

이외에도 수많은 가슴 따뜻한 이야기가 이어지고 있다. 나는 코로나바이러스로 인해 지치고, 마스크가 답답해서 벗고 싶어질 때면 지금도 어디선가 자신을 희생하고 있을 얼굴 모를 영웅들과 힘든 시기에 자신의 것을 양보하며 함께 나누는 이들을 생각하며 마음을 고쳐먹는다.

완치자가 생각하는 진정한 의미의 성공적인 방역

바이러스의 확산이 시작된 순간부터 국가의 방역 시스템이 작동하기 시작한다. 아니 아마도 그전부터 작동하고 있었을 것이다. 바이러스 검사 후 확진자의 역학조사 첫 단계는 확진자와 접촉했을 것으로 예상되는 이들을 분류하고 선제적으로 격리하여 당사자 개인뿐 아니라 사회 전체의 안전을 확보하는 것이다. 그리고 현재의 상황과 데이터를 투명하게 공개함으로써 자칫 정보의 혼선과 부재로 인해 초래되는 불안과 두려움이 사회의 근간을 흔드는 것을 미연에 방지한다.

물론 그 과정에서 크고 작은 잡음이 수반된다. 방역을 위해 공개되어야 하는 개인의 정보의 수준을 놓고 지금도 갑론을박이 계속되고 있다. 하지만 이러한 잡음은 민주주의 국가에서 사회적 합의를 도출해내는 과정이라고 생각한다. 한 번도 경험해 보지 못한 시대를 헤쳐나가기 위해서는 어제까지 당연시했던 것들을 오늘부터 부정하고 앞으로 나아가야 하는 순간이 계속된다. 끊임없는 토론과 사회적 합의를 통해 점점 더 성숙한 사회로 나아갈 것이 분명하지만, 그럼에도 거대한 시스템의 그림자에 가려 놓치고 마는 사각지대가 존재한다.

완치자의 일상 회복과 사회 복귀를 위하여

대다수의 사람들은, 아니 적어도 내가 경험한 바에 의하면 사람들은 그렇게 이성적이지 않다. 입원 및 격리 치료를 통해 확진자를 장시간 사회에서 단절시키는 것은 확진자 개인을 지키기 위한 것이기도 하지만, 수를 가늠할 수 없는 감염병으로부터 사회 구성원들을 지키기 위한 것이기도 하다. 그렇기 때문에 완치자가 사회로 돌아갈 수 있다는 것은 병의 전파 가능성이 사라진 것을 의미한다.

하지만 대다수의 사람들은 이에 대한 이해가 현저히 부족하다. 확진자들의 사정을 잘 알지도 못하면서 그들을 향해 일단 돌부터 던지고 본다. 효과적인 방역을 위해 공개된 개인 동선을 두고 옳고 그름을 재단하려 들거나 선과 악으로 나누기에 바쁘다. 그리고 바이러스를 온몸으로 싸워 이겨낸 '완치자'들이 사회에 돌아오면 또다시 그들을 교묘하게, 또는 적극적으로 밀어내고 격리시킨다. 이런 사회적 분위기는 바이러스로 인해 이미 산산조각이 난 확진자의 몸과 마음을 가루로 만든다. 완치자를 몰아내는 이유는 간단했다.

'무서워서….'

이런 상황이 초래되는 이유를 진지하게 고민했다. 완치자의 입장이 아닌, 완치자를 바라보는 이들의 관점에서 생각해보았다. 답은 간단했다. 방역 시스템에서 '완치자'를 위한 부분이 빠져 있기 때문이다. 누구도 겪어보지 않은 시대를 살고 있는 우리에게 전염병의 대유행이라는 팬데믹의 상황만큼이나 이들의 완치라는 개념 또한 생소할 것이다. 그러니 이성적 판단보다는 감정적 판단이 앞설 수밖에 없을 것이다.

내가 양성 판정을 받은 순간부터 완치 후 사회로 돌아올 때까지 겪은, 말로 설명하기 힘든 경험은 극히 개인적인 경험이 아닐 것이다. 지금 이 순간에도 확진자와 완치자는 사회로부터 배제되고 있다. 그렇기 때문에 방역 시스템의 연장선에서 이들을 향한 혐오를 막기 위한 시스템 마련이 절실하다. '확진자와 완치자를 위한 가이드라인'은 '감염병 예방을 위한 가이드라인'에서

'감염이 의심되는 상황을 위한 것'과 '감염이 확인되었을 때를 위한 것'이 존재하는 것처럼 세분화되어야 한다. 완치자를 위한 가이드라인에는 '완치자를 맞이하기 위한 사회 구성원들을 대상으로 하는 가이드라인'도 함께 존재해야 할 것이다.

확진자의 가족은 어떻게 대처해야 하는지, 확진자가 병원에 입원하는 경우 어떤 절차와 지원 프로그램이 있는지 안내하고, 회사는 완치되어 복귀한 직원을 어떤 자세로 맞이해야 하는지, 비감염인들과 어떻게 커뮤니케이션해야 하는지에 관한 안내와 그밖에 완치자가 기존의 위치로 문제없이 복귀할 수 있는 지원 방법 등을 담은 가이드라인이 필요하다. 더불어 전 국민을 대상으로 완치에 대한 인식 재고를 위한 캠페인도 시행되어야 한다. 진정한 의미의 '성공적인 방역'이란 바이러스의 확산을 저지하는 것, 감염이 발생한 경우 적절한 치료를 통해 생명을 지키는 것은 물론 '확진자들을 심리적으로 회복시켜 사회로 안전하게 복귀시키는 것'까지 포괄하는 것이라고 생각한다.

퇴원 이후 해외에 있는 친구들과의 통화에서 한국의 상황은 어떤지 물을 때면 나는 이렇게 답하곤 한다.

"한국 정부와 질병관리청이 생각보다 대응을 잘했어. 나도 우리나라가 이 정도인 줄은 몰랐다니까. 근데 그건 시스템일 뿐이고, 그 시스템을 따르는 국민들에게 모든 게 달린 거라고 생각해. 한국 사람들은 '우리'라는 표현을 참 많이 쓰거든. 우리 가족, 우리 친구, 우리 이웃이라고 생각하니까 자연스럽게 열심히 마스크를 써서 자신은 물론 주변 사람들까지 함께 보호하고 있어. 거기에 적절한 방역 시스템이 더해지니까 시너지가 난 게 아닐까 싶어. 결국엔 서로를 위해 조금씩 희생하고 양보하는 게 우리를 지탱하고 버틸 수 있는 힘을 준 것 같아."

우리는 서로를 지탱하면서 버텨왔고, 버티고 있고, 끝내 이겨낼 것이다. 집밖을 나설 때면 그 믿음이 나를 지켜준다. 나도 그 믿음을 위해 마스크를 꼼꼼히 쓰고 집 밖을 나선다.

코로나에 걸려버렸다

초판 1쇄 인쇄 2020년 10월 5일
초판 1쇄 발행 2020년 10월 15일

지은이 김지호
펴낸이 신경렬

편집장 유승현 **책임편집** 황인화 **편집** 김정주
마케팅 장현기 정우연 정혜민
디자인 캠프
경영기획 김정숙 김태희 조수진
제작 유수경

펴낸곳 (주)더난콘텐츠그룹
출판등록 2011년 6월 2일 제2011-000158호
주소 04043 서울시 마포구 양화로12길 16, 7층(서교동, 더난빌딩)
전화 (02)325-2525 | **팩스** (02)325-9007
이메일 book@thenanbiz.com | **홈페이지** www.thenanbiz.com

ISBN 978-89-8405-865-1(03810)

이 도서의 국립중앙도서관 출판예정도서목록(CIP)은 서지정보유통지원시스템 홈페이지(http://seoji.nl.go.kr)와 국가자료공동목록시스템(http://www.nl.go.kr/kolisnet)에서 이용하실 수 있습니다.(CIP 제어번호: CIP2020041376)